AF131618

Confidences d'Hôpital

Le secret des coulisses

Confidences d'Hôpital

Le secret des coulisses

CULINART

© 2024 CULINART

Édition : BoD • Books on Demand GmbH, In de Tarpen 42,

22848 Norderstedt (Allemagne)

Impression : Libri Plureos GmbH, Friedensallee 273, 22763

Hamburg (Allemagne)

Illustration : Microsoft Bing – Créateur d'image
Pexels, Евгений Михайличенко

ISBN : 978-2-3225-5708-0

Dépôt légal : Septembre 2024

Avertissement

Cher lecteur,

Excepté la fiction concernant Marie-Jeanne, vous vous apprêtez à plonger dans un monde de situations authentiques qui se sont véritablement déroulées dans le milieu hospitalier.

Afin de préserver l'intimité des personnes impliquées, j'ai pris la décision de modifier les prénoms et de déguiser les lieux pour toutes les histoires réelles incluses dans ce récit. Cette précaution vise à respecter la vie privée et la confidentialité des individus tout en permettant de partager ces expériences riches en émotions.

Prenez place pour ce voyage à travers les couloirs de l'hôpital, où la réalité dépasse parfois la fiction, et découvrez les récits fascinants qui vous attendent.

Et, au fil des pages de ce livre, vous trouverez des références à la consommation d'alcool. Nous tenons à rappeler qu'il est essentiel de consommer de l'alcool avec modération et de manière responsable. Les comportements excessifs ou irresponsables peuvent avoir des conséquences néfastes sur la santé et la sécurité.

Avec gratitude et respect.

Max

Table des matières

En route 10
Salut, je suis Julien… 11
Ça a débuté comme ça 14
Les délires de Fabrice 21
L'arachnide 23
Ma soirée avec Fabrice 25
J'arrivais pas à pisser dans l'trou 31
Le pari fou 34
À la recherche de Marie-Jeanne 39
K.-O. technique 43
Pêle-mêle aux urgences 45
Le message 50
Et deux de moins ! 53
La rencontre magique 54
Merci Colette 58
Mamie Louise 61
Le monde de l'au-delà 64
En voilà un qui a du flaire 69
Fumer tue 71
Marie-Jeanne joue avec la clim 73
Aussi lisse qu'un poulet 75
Il est né, le divin enfant 77
La petite pilule bleue 79
Mon ami Romain 81

Quiproquo..89

Sirop d'orgeat et cacahuètes 92

Viens vite, il veut tuer tout le monde. 95

Jade la sensuelle 97

Un peu de douceur dans ce monde de brutes 106

La surprise...113

Massey Ferguson à la vie, à la mort 115

Approche psychanalytique............................120

La Révélation choc.......................................123

Oh zut, nous sommes déçus !.........................128

Faut m'enlever le stérilet 132

Décryptage 134

Et, pourquoi moi ? 145

Pierre Durand...150

Quand Jade s'y met.......................................154

Marie-Jeanne, notre gardienne......................160

Merci 166

Fin de l'histoire..167

Glossaire..169

En route

Dans les couloirs silencieux de l'hôpital, des aventures se déroulent chaque jour. Des histoires de vie, de mort, d'amour et de guérison. Au-delà des traitements médicaux et des diagnostics, il y a un monde secret, un monde où la réalité se mêle à l'inexpliqué, où la science s'entrelace avec le mystère.

C'est ici que notre histoire commence, elle vous transportera au-delà des frontières de la médecine conventionnelle. Une épopée de rencontres étonnantes, de confidentialités enfouies depuis longtemps et de destins qui apparaissent de manière inattendue. Au cœur de cet hôpital, où les esprits errent et où les âmes cherchent la paix, se cachent des anecdotes réelles et vécues qui apportent une touche de magie à ce récit. Laissez-vous emporter dans les couloirs de l'hôpital, où la science croise le mystère.

Bienvenue dans le monde captivant de **Confidences d'Hôpital**, où l'amour, la foi et l'inexpliqué se rejoignent pour créer une histoire unique, ancrée dans l'existence tout en flirtant avec l'extraordinaire.

Salut, je suis Julien…

… Et j'ai 35 ans. Lorsque j'étais petit, vers mes dix ans, ma maman m'a demandé ce que je voulais faire comme métier quand je serais adulte. Je lui ai répondu, pompier ! Je souhaitais sauver des vies, faire des pansements, monter dans les camions rouges.

Le temps est passé, et finalement, me voilà médecin. Tout a commencé à mes dix-huit ans. L'idée de sauver des vies et de prendre soin des autres ne m'a jamais vraiment quitté. Il est tout aussi essentiel de souligner que ma lignée familiale perpétue l'héritage médical depuis plus d'un siècle, se transmettant avec une bienveillante constance de génération en génération.

Ayant brillamment décroché mon baccalauréat avec mention, j'ai fait le choix délibéré de m'inscrire à la faculté de médecine. C'est celle de Villeneuve-lès-Guéris qui m'accueillera. Les trois premières années sont principalement consacrées aux sciences fondamentales, comme la biologie, la chimie et la physique, ainsi qu'à des cours de base en anatomie, de physiologie, et de pharmacologie.

À vingt-deux ans et après avoir terminé mes examens préliminaires, j'entre dans le cycle clinique. Je commence à exercer directement avec des patients sous la supervision de médecins expérimentés. Je fréquente des cours avancés d'anatomie, de pathologie et d'autres matières cliniques.

À vingt-cinq ans, l'hôpital de Curaville m'admet en tant qu'interne. J'y ai vécu une année intense sans compter mes longues heures de travail durant lesquelles j'étais exposé à une variété de disciplines médicales. Je commence à vouloir me diriger vers la spécialité d'urgentiste. Ce fut chose faite pour mes vingt-sept ans. J'entre dans la résidence en médecine d'urgence de l'hôpital de Curaville. J'y passe quatre ans à perfectionner mes compétences. Puis après deux ans de stage post-résidence, je suis apte à devenir un médecin pleinement agréé. J'obtiens mon diplôme de médecin urgentiste à mes trente-deux ans. Enfin !

Il existe un proverbe qui dit que « les études de médecine, c'est comme boire à même le tuyau d'incendie. » C'est une vocation et une passion malgré les nuits blanches, les longues heures de travail et la démesure financière qu'ont représentés les études. J'aime vraiment ce que je fais et ne pourrais pas m'imaginer faire autre chose.

Et c'est l'hôpital de Maux-sur-Médoc qui m'accueille. Je l'ai choisi et postulé ici, car c'est l'endroit où mes aïeux ont officié depuis de nombreuses générations. Ainsi, je rends hommage à ma descendance et exprime ma profonde gratitude envers ma mère qui s'est tant sacrifiée pour que j'en arrive là. Elle ressent de la fierté pour son fils, et ma carrière débute.

Évidemment, durant toute cette période, j'ai dû faire face à une série d'événements qui se sont succédés.

Et depuis, chaque jour, au sein de ces murs blancs, je suis témoin de moments de vie, de luttes et d'espoirs qui dépassent l'entendement. Des histoires de patients et de personnels médicaux se sont entremêlées pour créer un récit unique, riche en émotions et en leçons d'existence.

Certaines affichaient de la tristesse, d'autres étaient burlesques ou bouleversantes. Je ne pouvais pas faire autrement que de vous les relater ici, sous forme d'un roman qui étend son tapis pour vous permettre de découvrir les coulisses de l'hôpital, celles que vous ne verrez jamais.

Je vais vous emmener dans les couloirs des salles d'attente, derrière les portes des chambres d'hôpital, et dans les esprits des médecins, infirmières, personnels et patients qui ont traversé ce parcours tumultueux avec moi. Préparez-vous à plonger dans un monde où la réalité dépasse souvent la fiction, où la compassion et la résilience brillent au milieu de l'obscurité, et où l'espoir continue de scintiller, même lorsque tout semble perdu. Et comme si cela ne suffisait pas, me voici mêlé à une étrange histoire…

Ça a débuté comme ça

Ce soir-là, la salle d'attente des urgences débordait de monde. Un couple d'une trentaine d'années et une fillette de cinq ans, patientent depuis une heure. Je m'approche d'eux pour les prendre en charge.

     — Bonsoir, messieurs dames. C'est à vous maintenant. Que s'est-il passé ?

     La mère, un peu tendue, explique :
     — Ma petite est tombée sur son poignet. Il est gonflé, et elle a très mal.

Je me tourne vers Camille :
     — Comment tu t'appelles ma puce ?
     — Camille, répond-elle fièrement.
     — Et tu as quel âge ?
     — J'ai cinq ans.
     — Allez venez, nous allons installer Camille dans un box pour faire les examens.

La mère prend la main de sa fille, et nous nous dirigeons vers une salle libre. Étrangement, le compagnon reste assis dans la salle d'attente. J'adresse un regard interrogateur à la maman :
     — Vous savez, le papa peut nous suivre aussi.

Ce à quoi Camille répond avec sourire narquois :

— Ce n'est pas mon papa, c'est le chéri de ma maman. Mon papa va arriver.

Momentanément sans voix, je me concentre rapidement sur Camille. Quant à la maman, elle trône sur une chaise posée dans un coin, ses yeux affolés tournés vers le sol. Pour obtenir un bilan complet, je conduis la petite vers le service de radiologie, qui confirme mon analyse. Camille souffre d'une entorse au poignet. Un bon strapping et une réadaptation appropriée, il lui faudra une dizaine de jours pour que cela ne soit plus qu'un mauvais souvenir. Pendant ce temps, l'atmosphère dans la salle d'attente semble empreinte d'une tension discrète.

Lorsque nous y sommes revenus, le chéri de la maman avait mystérieusement disparu. Je n'ai pas pu m'empêcher de remarquer un air espiègle sur le visage de Camille.

— C'est bizarre, où est le monsieur ?

Camille, tout sourire, me répond malicieusement :
— Il est parti chercher mon papa, il va être surpris !

Un léger malaise flottait dans l'air, mais la petite Camille semble toute contente d'avoir semé la panique. La soirée aux urgences avait pris une tournure inattendue, mêlant la tension des circonstances médicales à une pointe d'espièglerie enfantine.

En classant le dossier, je me remémore cette première rencontre peu conventionnelle avec cette famille. Je réalise que chaque moment à l'hôpital apportera son lot d'histoires surprenantes et de défis uniques. Cependant, au fond de moi, je trouve que c'est l'humanité, la résilience des patients et de leurs proches qui me rappellent à chaque instant, pourquoi j'ai choisi cette profession.

L'heure de la pause est enfin venue, d'autant plus bienvenue qu'il est deux heures du matin. J'ai grand besoin d'une tasse de café et d'une brioche pour me ressourcer. Je me dirige vers l'office. Là, Danièle, la standardiste, prend paisiblement son thé. Je m'assois en face d'elle, prêt à savourer ma première gorgée, quand elle m'adresse la parole :

— Tu ne devineras jamais à quoi j'ai assisté hier soir.

— Ben non ! Vas-y, raconte.

— J'étais à mon pupitre lorsqu'une jeune femme se présente. Elle arrive avec deux enfants, un garçon et une fille, qui n'ont pas plus d'une dizaine d'années. Je te décris la scène comme elle s'est déroulée. Son visage, empreint de souffrance, voici notre échange :

— Je suis enceinte de cinq mois et j'ai très mal au ventre. Je voudrais voir un docteur.

— Bien sûr, madame. Je vais vous demander votre pièce d'identité, votre carte vitale et votre mutuelle, s'il vous plaît. C'est pour faire le dossier d'admission.

La patiente fouille dans son sac à main et en sort une attestation de la C.M.U. et d'une voix humble, elle ajoute :

— Je bénéficie d'une prise en charge à 100 %, je ne paye jamais rien.

— Pendant ce temps, les deux garnements ont réussi à échapper à la vigilance de leur mère et ils profitent pleinement de la situation pour transformer la salle d'attente en un véritable champ de désordre. Leurs cris aigus percent l'air, et ils se lancent dans une course-poursuite effrénée en renversant tout sur leur passage, sans oublier de bousculer quelques malheureux qui se trouvent sur leur chemin. L'ambiance de stress et d'anxiété qui régnait quelques minutes avant semble s'éclipser par ce spectacle imprévu. Je lui demande également quelques renseignements complémentaires pour compléter son dossier, notamment son adresse et un numéro de mobile où l'on peut la joindre en cas de nécessité. La future maman, tout en essayant de calmer ses enfants, répond :

— Je ne le connais pas par cœur, je vais regarder dans mon téléphone.

— Elle plonge sa main dans son sac et en sort un magnifique portable dernier cri et flambant neuf qui se révèle être un véritable bijou de technologie. C'est quand même incroyable, elle fait valoir la C.M.U. et en même temps elle exhibe son appareil à au moins 1469 euros que je ne peux même pas me payer.

Je lui souris chaleureusement, comprenant parfaitement son étonnement.

— C'est vrai, la vie peut être surprenante parfois. Allez, je te laisse Danièle, je retourne au boulot. À tout à l'heure.

Deux heures quarante du matin. Un patient admis un peu plus tôt pour de graves problèmes vient de décéder. La proche famille commence à arriver et son épouse dit à l'un d'eux :

— Son cœur s'est arrêté d'un coup et il s'est senti soulagé…

Il est grand temps que je prenne congé et que je rentre chez moi pour me reposer. J'ai encore passé une nuit bien agitée, mais je sais que l'équipe de jour va bientôt prendre le relais.

Alors que je m'apprête à quitter l'hôpital, un homme se présente à l'accueil. Il est plutôt petit, la cinquantaine, le dos voûté, et il porte un par-dessus clair et froissé. Si je devais le comparer, je dirais qu'il a un air de ressemblance avec l'inspecteur Colombo, le célèbre héros de la série culte des années 1970-90.

Il reste immobile pendant un moment en scrutant son environnement avec inquiétude. Son visage trahit une grande préoccupation. Enfin, d'un pas décidé, il se dirige vers le comptoir de l'accueil. Brusquement, il passe la tête par l'ouverture de la baie vitrée, ce qui fait réagir Danièle. Méfiante, elle recule instinctivement, pensant peut-être à une éventuelle agression. Cependant, elle comprend tout de suite que l'individu ne représente aucune menace.

Au contraire, il semble désireux de communiquer. Il s'approche au plus près de Danièle et incline légèrement son visage pour lui parler discrètement à l'oreille, comme s'il avait une information confidentielle à partager :
— Madame, je viens voir monsieur [BAISE] qui est hospitalisé ici.

Médusée, Danièle regarde l'homme en essayant de discerner une quelconque plaisanterie. Un grand moment de solitude s'installe, divisé entre la gêne et l'envie de rire.

Devant l'assurance du visiteur, elle recherche ce monsieur sur son terminal informatisé, et elle tape [BAISE].

— Je n'ai pas de monsieur [BAISE] dans mon ordinateur, affirme Danièle en lui demandant de confirmer le nom du patient.

— Monsieur [*BAISE*], corrobore-t-il, agacé et certain que son ami est bien dans cet établissement.

Danièle lui demande d'épeler le patronyme du malade :
— Ça s'écrit [*BHEZE*].

Danièle fait une nouvelle recherche avec cette orthographe, et en effet, elle trouve bien monsieur [*BHEZE*].

L'homme satisfait s'éloigne avec un énorme sourire, heureux que l'on ait retrouvé son camarade, monsieur [*BHEZE*].

Il est 7 h 30, et je rejoins mon bureau situé au septième étage de l'hôpital pour mettre mes dossiers à jour. Un grand coup de vent froid me parcourt le dos, puis vient se déposer sur mes épaules. Je suis vraiment crevé. À 8 heures, je me dirige vers la sortie.

Tel un rituel quotidien, à l'issue de mon service, je me dirige vers le standard de l'établissement. Quelques pas encore, et je m'apprête à rejoindre ma voiture, je suis vraiment impatient de retrouver mon havre de confort douillet à la maison. Après cette nuit de travail intense, je mérite bien ce congé tant attendu. Fabrice est fidèle au poste, déjà depuis 7 heures du matin.

— Salut, Fabrice. Passe une bonne journée.
— Bon repos, docteur, me répond-il avec son habituel enthousiasme.
— Appelle-moi Julien.
— Bonne journée, Julien.

Fabrice est un petit bonhomme tout feu tout flamme. Son visage rayonne constamment d'un sourire chaleureux, ce qui en fait quelqu'un de particulièrement sympathique. Il a toujours un mot pour faire rire et est bien connu pour ses blagues incessantes. Une fois chez moi, je m'allonge sur mon lit, prêt à accueillir le repos bien mérité qui m'attend. Cependant, une idée traverse mon esprit. Et si je consignais par écrit toutes les expériences que je vis à l'hôpital ? Avec toutes celles auxquelles j'ai assisté pendant mes années d'études, cela pourrait constituer une intéressante collection d'anecdotes. Même si je ne devais jamais publier officiellement ces textes, je pourrais toujours offrir un exemplaire broché à ma mère, à mes amis et à ma famille, voire à quelques collègues…

Les délires de Fabrice

Le lendemain, rebelote. Fabrice me salue et en profite pour m'interpeller :
— Je viens d'en entendre une bonne, vous ne devinerez jamais.
— Tu ne veux pas me tutoyer ? Ça sera plus simple. Allez, je t'écoute.
— Une femme vient de m'appeler et elle me dit qu'elle souhaiterait parler à une amie qui vient de se faire hospitaliser. Je lui demande le patronyme de sa copine et elle m'indique qu'elle ne s'en souvient pas, mais que je devais sûrement la connaître en me précisant qu'elle a les cheveux bruns et qu'elle porte un blouson en cuir noir. Je l'informe :
Mais madame, sans le nom, je ne peux pas joindre votre amie et vous mettre en relation avec elle. Savez-vous son prénom ou le problème qu'elle a ?
— C'est Valérie, je ne sais pas ce qu'elle a et pourquoi elle est chez vous, pourtant c'est sûr qu'elle est dans votre hôpital.
— Mais madame, je n'ai pas assez de renseignements pour retrouver la personne que vous recherchez.
— Vous les fonctionnaires, on vous paye à rien foutre… vous n'êtes pas capables d'identifier les patients qui sont dans votre hôpital, c'est honteux.

Et elle raccroche.

Je suis stupéfié par cette histoire. Nous rions tous les deux, et je me rends compte que, malgré la fatigue accumulée, Fabrice a le don de mettre un peu de légèreté dans cette routine hospitalière, même les jours les plus éprouvants.

— M'enfin, c'est pas possible. Elle ne t'a pas parlé comme ça ?

— Si. J'en ai plein comme ça. J'ai de quoi écrire un livre.

— Ah oui ?

— Oui.

— C'est passionnant ton histoire. Cela te dirait d'aller boire un verre, un de ces quatre, j'ai hâte de me marrer.

— Avec plaisir, je suis de repos la semaine prochaine.

— Moi, je suis libre mercredi, ça te va ?

— Oui, impeccable, à 19 heures chez moi, on mangera un petit truc et je te raconte tout ça.

— À bientôt, Fabrice. Je vais me coucher. À la semaine prochaine, bon courage.

L'arachnide

Jean vient de faire une chute de moto, il est pris en charge par les sapeurs-pompiers qui le présentent aux urgences.

Ils m'indiquent que la victime souffre de nombreuses plaies et d'une douleur au bras gauche.

Pendant que deux infirmières s'attellent autour de lui pour nettoyer et panser ses blessures, je l'ausculte et suspecte une belle fracture, je parie sur l'ulna.

Un brancardier l'emmène au service de radiologie qui confirme mon diagnostic initial :
    — Votre cubitus est cassé. La bonne nouvelle, c'est qu'il n'y a pas de déplacement osseux. On va vous poser un plâtre. Vous devrez le garder pendant un mois et demi.

Trois semaines plus tard, Jean ressent des picotements qui envahissent la quasi-totalité de son bras prisonnier. Ils deviennent de plus en plus insoutenables.

N'en pouvant vraiment plus de supporter cette souffrance, il vient en consultation.

Michel, le médecin de ce jour-là ne détecte rien d'anormal, il indique :
    — Avec le temps et la transpiration, ça peut fourmiller. Passez doucement une aiguille à tricoter sous le plâtre quand ça vous gratte, ça vous apaisera.

Jean repart, mais quelques heures s'écoulent et les démangeaisons recommencent.

Il s'empare d'une aiguille à tricoter, et effectue quelques petits va-et-vient qui ont pour effet de le soulager.

Pourtant, les picotements se répètent de plus belle et sont de plus en plus vifs.

Son épouse l'encourage :
— Patiente un peu, il n'y a plus que trois semaines à tenir avant de l'enlever.

Jean ne peut plus tolérer ces démangeaisons qui deviennent vraiment insupportables. Il se dirige vers son atelier de bricolage, prend une scie à métaux, et supplie sa femme de découper le plâtre. Elle refuse, mais en voyant son mari souffrir, elle finit par céder. Elle déroule la bande de mousse puis soulève délicatement la chaussette de jersey qui protège la peau.

Avec effroi, ils aperçoivent une araignée se faufiler sous le tissu. La bestiole qui mesure quelque trois centimètres de diamètre est la cause de tous ces jours et toutes ces nuits de douleur. Ils retournent aux urgences. Les soignants et le médecin en tête n'en reviennent pas.

Une heure après, Jean ressort avec un plâtre neuf qu'il devra garder encore trois semaines.

Ma soirée avec Fabrice

Nous sommes mercredi et comme convenu, je vais dîner chez Fabrice.

Avec un apéro et quelques tapas, il m'accueille et me narre quelques anecdotes croustillantes.

Un jour, sa collègue Marion reçoit l'appel d'un homme qui, d'après sa voix, semble assez âgé :

— Bonjour, m'dame. J'téléphone pour prendre rendez-vous à l'hosto.
— Bien entendu, monsieur. Dans quel service ?
— Ah ben j'sais pas ! Mon toubib m'a dit d'bigophoner pour qu'on m'ausculte, vous d'vez sûrement savoir où ?
— Mais je ne peux pas deviner dans quel service votre médecin vous demande de prendre rendez-vous.
— Y m'a rien dit.
— Avez-vous une ordonnance ?
— Ouais, mais j'peux pas déchiffrer c'qui y a d'ssus.
— Vous vivez avec quelqu'un ?
— Nan, y a ma femme qu'est morte y a trois ans.
— Avez-vous des enfants ?
— Ouais, un gars et une fille.
— Vous pouvez leur montrer la prescription. Peut-être arriveront-ils à lire les annotations et vous pourrez me donner des informations complémentaires pour que je puisse vous aider ?

— Ils habitent tous les deux à la capitale, z'ont une famille, ils z'ont pas l'temps d's'occuper d'ma.

— Vous avez mal où ?

— Bah, je n'ai mal nulle part... Mais t'es qui toi pour m'poser autant d'questions ?

— Mais j'essaye de trouver dans quel service vous devez prendre rendez-vous.

— Tu m'emmerdes avec tes demandes.

Et il raccroche.

— Allez, une deuxième histoire, me dit Fabrice. Reprends du saucisson.

Je l'écoute attentivement, presque admiratif. Il enchaîne, on s'y croirait :

— Bonjour, monsieur. Je vous appelle pour connaître le temps qu'il fait par chez vous.

— Euh ben ! C'est-à-dire que... c'est un peu couvert, il ne pleut pas et il ne fait pas trop froid.

— Merci, je voulais juste savoir ça, car j'habite à 65 kilomètres de l'hôpital et mon fils va à un tournoi de foot à Maux-sur-Médoc, cet après-midi. Au revoir.

Et Fabrice enchaîne anecdotes sur anecdotes, je ne l'arrête plus :

— Bonjour, monsieur. Je suis bien aux urgences ?

— Non, vous êtes au standard de l'hôpital.

— Je m'en suis rendu compte, car ça fait quatre minutes que j'attends que vous décrochiez.

Suivante :

— Pouvez-vous me passer le bureau de gynécologie, s'il vous plait ?

— Je suis désolé madame, il n'y a pas de secrétaire le dimanche.

— Tous des fainéants, ces fonctionnaires.

Et elle raccroche.

Fabrice reprend un verre et enchaîne sur celle-ci :

— Bonjour, je souhaiterais un rendez-vous pour qu'on enlève mon stérilet, car mon mari ne veut plus faire l'amour.

Et une de plus :

Six heures trente du matin, il neige.

— Bonjour, c'est Françoise. Je travaille dans le service de chirurgie et là, je suis au rond-point de la palissade et ça glisse.

Pour info, la palissade est située à trois kilomètres du Centre Hospitalier. Françoise continue :

— Il faut dire à l'agent de sécurité de venir me chercher.

— C'est impossible, il ne peut pas sortir de l'enceinte de l'hôpital.

— Ah bon ? Dites aux ambulanciers de faire quelque chose alors…

Je me ressers un verre de vin pendant que Fabrice s'apprête à m'en conter une suivante :

— Je vous téléphone pour connaître l'heure d'ouverture du centre commercial.

— Madame, vous êtes au centre hospitalier !

— Oui, oui, je sais, ça fait plusieurs fois que j'essaye de les appeler et personne ne me répond.

Abasourdi, je demande à Fabrice :
— Ce n'est pas vrai, tu fabules ?
— Je te jure que c'est vrai !

Et les anecdotes défilent. On se croirait dans un film. On en voit des pas mal dans les services de soins, mais j'étais loin de me douter que c'était la même chose dans ceux de l'administration.

Il rapporte des petits sandwichs au jambon fumé, on rigole bien, il continue et pour la suivante, c'est un gars apparemment ivre, qui essaye de parler au bout du fil :
— Pouvez-vous me mettre en relation avec mon ami hospitalisé pour des problèmes d'alcool ?
— Oui, monsieur. Vous pouvez m'indiquer son nom ?
— Monsieur Pinard.

Et Fabrice transfert l'appel, effectivement, dans le service d'alcoologie.

Un jour, un homme demande :
— Bonjour, pouvez-vous me passer le rayon maternité, s'il vous plait ?

Et Fabrice enchaîne avec celle-ci :
— Je vous appelle, car mon mari, mes enfants et moi allons partir en vacances deux semaines. Je voudrais savoir si vous organisez un service de garderie pour prendre en charge mes parents âgés de 86 et 84 ans. Ils ne peuvent pas se débrouiller seuls.

— Nooon ! Là, tu inventes !

— Je n'invente rien, il y en a des centaines comme ça. Allez, encore une. Tu veux un café ?

— Non merci, raconte-moi en une dernière et j'y vais, il se fait tard :

— Bonjour, monsieur. Je souhaite faire une demande d'emploi, pouvez-vous me mettre en relation avec le secrétariat de direction des ressources humaines, s'il vous plait ?

— Il est 20 h 50 et le secrétariat est fermé, madame !

— Il est déjà fermé ? Il ferme de bonne heure.

Et l'interlocutrice raccroche.

— Et bien, j'étais loin de m'imaginer que vous étiez confrontés à tant de stupidité. Effectivement, je vais pouvoir écrire un livre entre toutes tes histoires et ce qu'on voit dans les services médicaux.

— On peut le rédiger ensemble, me dit-il.

— Merci pour ta proposition, j'ai déjà essayé de co-écrire un bouquin et c'est parti en cacahuète.

— Bon allez, je t'en livre une dernière.

Un jour, une de mes collègues, Amandine, appelle l'agent de la sécurité pour lui signaler que l'ascenseur numéro 8 du bloc chirurgical était en panne.

— Qu'est-ce qu'il a ? demande-t-il.

— Les portes s'ouvrent et se referment, s'ouvrent et se referment. Puis il monte et il descend sans arrêt.

— Ben oui ! En même temps, c'est un ascenseur.

— Ah ben oui !

Et Amandine raccroche.

Il est tard, je remercie vivement Fabrice pour toutes ses élucubrations et lui promet de refaire une soirée comme celle-ci.

J'arrivais pas à pisser dans l'trou

Le lendemain, me revoilà dans mon service. À 23 h 50, une femme se présente. Je la prends en charge et l'installe dans une salle d'examens disponible.

— Bonjour, madame. Que vous arrive-t-il ?
— J'dois tout le temps aller aux toilettes et pis ça m'chauffe. Ça m'fait mal au ventre et j'ai d'la température.

Je soupçonne immédiatement une infection urinaire. Une cystite. Je dois en avoir la certitude et je demande à l'infirmière de préparer un E.C.B.U.

Elle remet à la patiente, Catherine, le kit spécial : « *ça chauffe quand je fais pipi* ». Elle l'invite à s'isoler dans les sanitaires où elle pourra œuvrer en toute quiétude.

L'ensemble contient un paquet de compresses stériles, une solution désinfectante et un flacon à urine pour récupérer le précieux liquide qui partira au laboratoire pour y être analysé.

La logique aurait voulu qu'elle ouvre le sachet de compresses, qu'elle y verse dessus l'antiseptique pour nettoyer ses parties intimes, pour ensuite uriner dans la fiole prévue à cet effet.

Mais Catherine ne l'a pas entendu de cette manière. Elle s'isole dans les sanitaires et en ressort plus de dix minutes plus tard. Elle vient dans la salle du personnel soignant et dépose fièrement le réceptacle sur le plan de travail. Les yeux écarquillés et la mine déconfite, l'infirmière contemple la fiole qui dégouline de sa miction.

Par le subterfuge de quelques questions discrètes, elle réussit à comprendre ce qu'il vient de se passer dans les toilettes, pendant ces dix longues minutes.

Catherine s'explique :
— J'ai versé cette solution désinfectante sur du papier WC et j'ai nettoyé mon p'tit triangle. Je n'arrivais pas à pisser dans l'trou alors j'ai fait pipi sur l'paquet d'compresses. Après, j'ai tout essoré dans l'flacon.

Pourquoi faire simple quand on peut faire compliqué ? Et puis la faute serait-elle à l'infirmière qui ne lui a pas expliqué comment faire...

Dans la même nuit, j'ai reçu deux autres champions.

À trois heures du matin :
— J'ai un panaris depuis cinq jours et j'ai vraiment mal.

Puis à six heures :
— J'ai un gros rhume et je voudrais un arrêt de travail parce que je ne vais pas pouvoir aller bosser.

Il est maintenant l'heure que je quitte l'hôpital pour aller me reposer. Je passe par le même chemin pour voir mon pote.

— Salut, Fabrice. Bonne journée.
— Tu parles ! Ça commence difficilement.
— Que se passe-t-il ?

— L'informatique est en panne, je n'ai pas accès aux numéros de chambre des patients.

— Ah ! Ça peut arriver.

— Oui, ça arrive. Marie-Jeanne a encore fait des siennes.

— C'est qui Marie-Jeanne ?

— Ben ! Personne ne t'a parlé de Marie-Jeanne ? C'est le fantôme de l'hôpital.

— OK, Fabrice. On en rediscutera plus tard. J'ai besoin d'aller me reposer un peu.

— Bonne journée, Julien.

Le pari fou

Aujourd'hui, je suis décidé. J'attrape un cahier et commence à écrire quelques anecdotes dont j'ai été témoin ou que l'on m'a rapportées comme les histoires de Fabrice par exemple. Je mets le tout dans une pochette en carton et la laisse sur mon bureau. Je descends dans mon service pour entamer mon travail.

La soirée débute plutôt bien avec cet homme qui se présente, je le reçois et je l'installe dans une salle d'examens vide. Il me dit :
        — En faisant cuire mes saucisses sur le barbecue, je me suis brûlé le pouce, regardez c'est tout rouge !

Oui ! C'est ça aussi les urgences…

Deux heures du matin.
Valentin a seize ans. Il habite chez son père et sa mère, une maison cossue dans un des beaux quartiers de la ville.

Ses parents sont en vacances pour une semaine dans le sud de la France. Ce samedi soir, pour Valentin, c'est le moment d'en profiter. Il invite toute une ribambelle de copains. Une bonne vingtaine. Une jolie et longue veillée festive se profile.

Il est 23 heures et la fête bat son plein. La musique résonne dans la maison, et quelques bouteilles d'alcool sont déjà consommées.

Valentin, qui ne totalise maintenant pas loin d'un gramme dans chaque poche, décide de lancer un challenge :

— Je vous parie que je me mets cette magnifique fiole de parfum dans le C**.

Ironiquement, il continue de s'adresser à ses amis :

— Elle est à ma mère. Elle vient d'un grand parfumeur de luxe parisien et vaut 460 €.

Il fait grimper les enchères en affirmant qu'il est capable de tourner une vidéo de la scène et de la publier sur internet. Et ils montent rapidement pour atteindre la somme pharaonique de 980 €.

Valentin n'a plus d'autre choix que de mettre son défi à exécution. Sous les yeux déconcertés, mais amusés de ses amis, il accomplit son pari fou.

Un centimètre, deux, puis trois et ce qui devait arriver, arriva. La bouteille va beaucoup plus loin que prévu. Elle s'engouffre entièrement pour disparaître dans les profondeurs de son anatomie intime. C'est à cet instant précis que tout se transforme en cauchemar.

Tant bien que mal, Valentin se dirige vers les toilettes en espérant pouvoir récupérer le précieux flacon de parfum. Il panique et commence à souffrir terriblement. Aussitôt, il éprouve des difficultés à se déplacer.

Certains de ses amis, ceux dont il restait un soupçon de lucidité, jugent la situation sérieuse et décident de l'emmener aux urgences de l'hôpital. La prise en charge de Valentin s'effectue rapidement et il est transféré sans délai vers le service de radiologie.

Inutile de vous dire que je suis très inquiet et qu'une intervention semble essentielle. J'attends l'avis du chirurgien, mais celui-ci est déjà occupé au bloc opératoire.

Pour compliquer un peu plus le tout, je dois obtenir l'autorisation écrite des parents de Valentin, car il est mineur. Dans un sursaut de discernement, Valentin refuse qu'ils soient prévenus, mais je n'ai pas le choix.

Monsieur et madame Dupont, affolés, abrègent leurs vacances et se mettent en route. Ils doivent faire plus de 300 kilomètres en catastrophe avec des conditions météo déplorables. Il pleut énormément et un vent violent se lève.

De son côté, le chirurgien s'est dégagé du bloc et est en train d'ausculter Valentin. Une opération se précise cependant, il décide une ultime tentative, en mode manuel, pour soustraire le récipient par la voie naturelle, ce qui éviterait une lourde intervention. La grosse difficulté réside dans le retrait du flacon sans le casser afin d'empêcher une catastrophe.

Et c'est après plusieurs essais et quelques longues minutes autour du jeune homme, qui rappelons-le est dans une position délicate, que la bouteille de parfum a pu être extirpée avec succès.

Il est sept heures du matin lorsque les parents font leur arrivée à l'hôpital. Le père, excédé par la bêtise et l'inconscience de son fils et par ce défi stupide, affiche sa colère.

Valentin est resté 24 heures en observation et il s'en est sorti avec une grosse frayeur.

Je n'ai jamais su s'il a récupéré les 980 € de son pari.

La nuit a été marquée par une grande intensité. Je me rends dans mon bureau pour consigner toutes ces péripéties sur mon cahier qui s'étoffe petit à petit d'un vrai assortiment d'histoires cocasses. Étrangement, la porte se ferme dans un véritable fracas. C'est sans aucun doute dû à l'effet de la climatisation.

Allez, je file. Je vais revenir par le standard parce que quelque chose me turlupine.

    — Salut, Fabrice.
    — Bonjour, Julien. Comment s'est passée ta nuit ?
    — Bien, bien, Fabrice ! Parle-moi un peu de cette Marie-Jeanne.
    — Marie-Jeanne ? On dit que c'est le fantôme de l'hôpital. Une histoire raconte qu'elle était infirmière ici, il y a longtemps. Elle aurait été accusée d'avoir tué un patient. Elle aurait eu les pires ennuis et on l'a retrouvée pendue dans une chambre. Mais c'est tout ce que je sais. Et chaque fois qu'un problème survient dans cet hôpital, on attribue ça à Marie-Jeanne.
    — Ah oui, étrange ! Allez, Fabrice. Je fonce au lit, bon courage.
    — Merci Julien.

Et alors que je m'apprête à franchir la porte de sortie automatique, celle-ci reste fermée, ce qui n'a pas manqué d'amuser Fabrice :
    — Voilà, je te présente Marie-Jeanne.

C'en est trop pour moi, je rentre vite fait. Un utile moment de détente s'impose. Et d'ailleurs, je suis en repos pendant deux jours.

À la recherche de Marie-Jeanne

Il est 14 heures. J'ouvre un œil. Je me lève. Cette histoire de Marie-Jeanne me tracasse. J'aimerais bien savoir ce qui s'est passé et où puiser le vrai du faux.

Je vais prendre un sérieux petit déjeuner et me mettre à mon ordinateur. Mon ami, le moteur de recherche, me trouvera bien quelques informations à me fournir.

J'ai avalé mon café, mon croissant et mon jus d'orange. Je me place devant mon écran. Je tape quelques mots clés dont, « *Marie-Jeanne + hôpital* » et voici ce que je trouve :

> *En 1921, Marie-Jeanne, âgée de 32 ans, a décidé de mettre fin à ses jours. C'était une infirmière dévouée et elle était connue pour sa compassion pour les patients et son engagement envers son travail. Cependant, un fait-divers a bouleversé sa vie. Une enquête préliminaire l'a désignée coupable de la mort d'un hospitalisé.*

La suite indique que tout a commencé avec le décès mystérieux et dans des conditions obscures d'un patient gravement souffrant. Les médecins et le personnel, en quête de réponses, ont entrepris d'examiner les circonstances de la tragédie. C'était une période de confusion et de stress pour tout le monde.

Marie-Jeanne, en tant qu'infirmière en chef, assumait la responsabilité cette nuit-là. Elle a coopéré pleinement avec l'enquête et a expliqué en détail les soins qu'elle avait prodigués au malade. Cependant, au milieu de la pression et de l'incertitude, des soupçons ont commencé à peser sur elle. Les accusations se sont avérées immotivées, et la situation a rapidement échappé à son contrôle.

Lorsque le patient est décédé, la communauté hospitalière, dans un mélange de confusion et de frustration, a cherché à trouver un bouc émissaire. Marie-Jeanne a été renvoyée de son poste d'infirmière en chef, mais la vérité sur ce qui s'était vraiment passé cette nuit-là est restée floue.

Ne pouvant supporter la honte et le désespoir qui découlaient de ce drame, Marie-Jeanne a pris la décision de mettre fin à ses jours. Elle a été retrouvée pendue dans la même chambre où le patient était décédé.

Je suis subjugué d'apprendre ça par internet. Il ne fait aucun doute que lorsque des événements tragiques ou traumatisants se produisent dans cet environnement, certaines personnes préfèrent les taire. Que ce soit par respect pour les défunts, par souci de préserver la tranquillité des patients actuels ou simplement parce que ces événements sont douloureux à évoquer. De plus, les histoires de fantômes et de manifestations paranormales peuvent susciter des réactions variées, allant du scepticisme à la peur.

Je m'imagine que seules quelques personnes, peut-être celles qui ont travaillé à l'hôpital pendant de nombreuses années, ont eu des rencontres avec son esprit ou ont perçu sa présence. Mais elles pourraient ne pas éprouver l'envie d'en parler ou divulguer ses expériences. Et de toute manière, cela fait un certain temps….Combien de ces témoins demeurent ? Qu'à cela ne tienne, je décide de poursuivre mes recherches. Je ne trouve rien de plus sur la toile. J'aimerais un nom, des dates, tout ce qui pourrait m'aider à me mettre sur les traces de Marie-Jeanne.

Je suis déterminé à découvrir la vérité sur Marie-Jeanne et essayer de comprendre ces phénomènes étranges qui se produisent ici. Je me résous à appeler les archives. Une voix chaleureuse répond de l'autre côté :
    — Le service des archives, Michel à l'appareil.

Je lui explique brièvement mon intérêt pour Marie-Jeanne et mes recherches sur ce sujet. Michel, semble intrigué par mon histoire et décide de m'aider. Il me propose de le rejoindre à l'hôpital. Lorsque j'arrive, un homme d'âge moyen au sourire bienveillant m'accueille. Michel m'apprend qu'il a passé la majeure partie de sa carrière ici et qu'il a déjà entendu parler de Marie-Jeanne et des circonstances de cette tragédie.

Il ouvre l'une des portes de ces longs couloirs, révélant une pièce remplie de vieux papiers, de journaux d'époque et de documents soigneusement rangés.

Michel commence à me guider à travers les archives et me montre les publications pertinentes des années où Marie-Jeanne était infirmière. Je découvre des notes sur sa carrière et d'autres informations administratives.

À mesure que je plonge plus profondément dans les dossiers, même s'ils ne révèlent rien de très probant, j'ose espérer que la clé pour résoudre le mystère de Marie-Jeanne et dévoiler les secrets enfouis depuis des décennies se trouve sous mes yeux. Maintenant, j'ai collecté de nombreuses informations, notamment son nom de famille. Après avoir effectué des copies de tous les documents, je prends congé de Michel en le remerciant chaleureusement.

Je pars vers mon bureau pour mettre tous ces nouveaux éléments dans ma documentation. Je pense secrètement que mon recueil d'histoires va se diriger vers un roman anecdotique.

L'ascenseur se fait attendre et Sylvain, un brancardier me rejoint.

K.-O. technique

Il m'interpelle :
— Bonjour, docteur. Vous travaillez aujourd'hui ? Je croyais que vous vous reposiez.
— Oui, je suis en congé, mais je dois vérifier un dossier dans mon bureau.
— OK, non, parce que ce matin, on a vécu un truc de fou.
— Ah, oui ? Allez-y, racontez.

Il m'explique qu'un peu plus tôt dans la matinée, un homme âgé de 38 ans a décidé d'en finir avec la vie. Il ne sait jamais remis de son divorce et résidait seul dans une triste maison isolée. C'est avec son fusil de chasse qu'il a commis l'irréparable.

Son corps a été déposé au salon funéraire. C'est un endroit froid, sombre et lugubre où plus vous y avancez, plus le silence s'installe et moins vous avez envie d'y aller. Un jeune couple d'une trentaine d'années se présente à l'accueil du funérarium pour lui rendre visite. Son frère et sa belle-sœur.

— Ils sont bien énervés et son frère me dit qu'ils veulent voir le corps pour lui rendre un dernier hommage. Je leur réponds que je suis désolé, mais que ça ne va pas pouvoir se faire car le défunt ne présente pas un aspect acceptable. Que je comprends que c'est dur pour eux et que ce serait plus sage de garder une belle image de leur proche. Malheureusement, il ne l'entend pas de cette oreille. Il devient de plus en plus agacé, limite menaçant. Et il me dit :

— Vous avez intérêt à me faire voir mon frère parce qu'autrement ça ne va pas se passer comme ça.

Sylvain poursuit à me décrire la scène :
— Son épouse s'efforce de le raisonner, mais en vain. Je tente un nouvel argument, mais il persiste dans son agressivité et il est même prêt à en venir aux mains. Alors pour que la tension retombe, je lui dis :
Très bien monsieur, je vais vous le présenter, toutefois je vous préviens, c'est horrible.
— On en a vu d'autres, m'a-t-il répondu.

— Donc, je m'exécute après avoir installé le couple dans la salle d'attente. Je sors la dépouille de la chambre froide et j'ouvre la housse. Je prépare le corps au mieux et je les fais entrer dans la pièce. Sa femme préfère patienter à l'extérieur. Il s'approche. L'odeur qui s'en dégage est insupportable. Le visuel terminera le travail. Le frangin est devenu aussitôt beaucoup moins arrogant. Il passe du rouge au blanc en une fraction de seconde pour finir en syncope au beau milieu de la salle mortuaire. Il est K.-O. comme s'il avait reçu un uppercut. J'ai juste eu le temps d'amortir sa chute pour éviter que sa tête ne vienne se fracasser sur le sol carrelé. On l'a transporté aux urgences, où il est resté deux heures afin qu'il récupère de ce terrible choc.

— Et bien, il s'en passe des choses au funérarium aussi. Je te souhaite une bonne fin de service. On se revoit après-demain.
— Bonne soirée, docteur.

Me voilà à mon bureau. Je range soigneusement les papiers sur Marie-Jeanne et j'en profite pour noter cette dernière histoire.

Pêle-mêle aux urgences

C'est mon deuxième jour de repos, je ressens le besoin de lâcher prise avec Marie-Jeanne. Faire le point ! Laisser un peu de temps à la réflexion.

J'en profite pour vous livrer pêle-mêle, tout un tas de situations que j'ai vécues personnellement ou que mes collègues m'ont rapportées.

Je viens vous voir parce que :

— La semaine dernière, je me suis fait piquer par une guêpe, il se peut que je sois allergique, j'aimerai des soins.

— Mon nez saigne… Regardez mon mouchoir… Je fais une hémorragie !

— J'ai un petit bout de bois dans le pouce et je n'arrive pas à l'enlever.

— Le suppositoire que le docteur m'avait prescrit ne rentrait pas. Je l'ai fait fondre dans une casserole avec un peu d'eau et je l'ai bu. C'est grave ?

— J'ai une égratignure au doigt.
— Mais ! Il est 2 heures du matin.
— Je sais, je suis venu à 19 heures et comme il y avait plein de monde, je suis reparti.

Et pendant ce temps-là, les soignants se font insulter parce que ça ne va pas assez vite aux urgences.

Un jeune homme arrive aux urgences avec son berger allemand qui boite et souhaite qu'on lui fasse une radiographie. Vous ne me croyez pas n'est-ce pas ?… Et bien si, c'est la vérité ! Tous ces cas qui embouteillent les urgences.

Une femme, au ventre bien arrondi, se présente aux urgences. Nous sommes le 24 décembre, il est 19 heures.

— Bonsoir, je viens pour accoucher.
— Bien sûr, madame, je vais prévenir la maternité, vous êtes arrivée à terme ?

— Non, le terme est prévu dans douze jours.
— Vous avez perdu les eaux ?
— Non, je ne les ai pas perdues.
— Vous avez des contractions ?
— Je n'ai aucune contraction, mais nous sommes le 24 décembre et je veux absolument accoucher ce soir… Il faut que les sages-femmes déclenchent mon accouchement.

Un homme voit son épouse avec un tuyau dans le nez. Il demande à l'infirmière :
— Vous avez *entubé* ma femme ?

Cet homme arrive un peu essoufflé :
— J'ai fait un *infractus* du myocarde il y a cinq ans.

Un patient alité interpelle l'aide-soignante :
— Quelle chaleur dans cette chambre, un vrai *zona* !

— Bonjour, docteur. J'ai terriblement mal au dos, c'est sûrement un *bungalow*.

Cette vieille dame interpelle un de mes collègues au sujet de son mari :

— C'est quand même pas de chance, l'année dernière, on était en vacances en Andalousie et maintenant, il a la maladie d'*Eisenhower*.

— Mes problèmes de santé ont commencé le jour où je suis venu vous voir.

Un homme est au chevet de son épouse et à l'aide de la sonnette, il appelle l'infirmière. À son arrivée, il lui dit :

— La peau de ma femme est moite et sèche.

Un jeune homme dont la femme vient d'accoucher appelle sa mère pour la prévenir de la bonne nouvelle :

— Maman, c'est une fille et elle n'a pas d'autre problème.

Une femme consulte le médecin :

— J'ai des douleurs insupportables au nerf *asiatique*.

À l'accueil des urgences :
— Désolé, j'ai oublié ma carte *virale*.

Et cette femme qui dit à l'interne :
— Je viens pour mon ongle *incarcéré*.

Un homme dont sa femme est hospitalisée dit à son fils :
— Ce matin, ta mère a eu de la confiture sur ses biscottes et ce soir, elle a du diabète.

La femme prévient son conjoint :
— Le bébé ne passe pas par la voie normale, on va me faire une *saharienne*.

Ce malade interpelle l'interne des urgences :
— Serait-il possible d'avoir de la crème à l'*harmonica* ? Elle me fait beaucoup de bien.

Le message

Nous sommes jeudi, je reprends mon service pour trois jours de garde. Comme très souvent, je gare ma voiture sur le parking central et me dirige vers les portes automatiques pour atteindre le standard. Sauf que cette fois, elles refusent de s'ouvrir d'un centimètre ! Je recule, elles s'écartent. Je m'approche, elles se referment... Fabrice me fait signe d'avancer et de rester immobile. Elles s'ouvrent enfin devant moi, me laissant pénétrer dans l'enceinte de l'hôpital.

— Hello, Fabrice. Ça va ? Dis donc, elles déconnent à bloc les portes ce matin.
— Oui Julien, pas mal. Je viens d'appeler les services techniques pour qu'ils les réparent parce que sinon, il va y avoir un accident. Tiens, fais gaffe, la dame de l'entretien lave les sols.

J'observe attentivement cette employée, qui porte son prénom, Sarah, brodé sur sa blouse. Elle commence à nettoyer l'espace de travail, et je prends soin d'éviter son chemin. Elle démontre une grande application en portant son flacon de détergent d'une main et en dirigeant son chariot avec l'autre.

Alors qu'elle se prépare à passer la serpillière sur le sol, elle me lance :
— Faites attention docteur, je vais mouiller !

Fabrice et moi échangeons un regard. Sarah s'aperçoit de son calembour qui entraîne un fou rire collectif. Cela a mis un sourire sur nos visages et a clairement donné le ton pour une journée qui s'annonce bien.

— Allez, bonne journée à vous deux.
— Bon courage docteur, me disent-ils.

Soudain, un bruit assourdissant envahit le hall.

Avec un pas assuré, mais un peu trop pressé, une jeune femme vient de heurter de plein fouet la porte vitrée qui refusait de fonctionner normalement.

Personne ne connaît la raison de sa visite à l'hôpital, en tout cas, elle a fini aux urgences où je l'ai accompagnée.

— Sacrée Marie-Jeanne, me dit Fabrice.

Me voilà dans mon bureau, impatient de consigner ces anecdotes dans mon calepin, qui se remplit déjà de nombreuses péripéties. Je l'ouvre et y découvre une feuille de papier. Avec précaution, je la prends en main et les lettres cursives du message me surprennent.

Ces quelques mots, signés Marie-Jeanne, m'intriguent et m'emplissent d'une certaine curiosité. Est-ce vraiment elle, l'autrice de cette note ? Pour quelle raison se trouve-t-elle dans mon cahier ? Existe-t-il un lien avec mes recherches sur cette Marie-Jeanne et les phénomènes qui ont lieu à l'hôpital ?

Mes pensées tournoient dans mon esprit. Je m'interroge sur la possibilité que ce message constitue une tentative de communication de Marie-Jeanne elle-même. La mention d'une accusation injuste résonne avec l'histoire de Marie-Jeanne. Je prends cette note au sérieux. Je dois en savoir plus sur l'origine de cette mystérieuse communication et sur ce que Marie-Jeanne pourrait vouloir révéler. C'est un nouveau tournant passionnant dans mon enquête, et je me tiens prêt à explorer cette piste afin de dévoiler la vérité dissimulée depuis si longtemps.

Pour l'heure, je dois descendre dans mon service où une longue journée m'attend.

Et deux de moins !

Et ça commence fort. Mon chef me demande d'aller rapidement en réanimation pour visiter un patient et me donner son point de vue. C'est Marina qui me reçoit. Elle me fait un topo sur la situation :

— C'est ce patient, monsieur Godefroy. Il n'a aucun antécédent médical et ne nécessite pas de suivi psychique particulier…du moins jusqu'à présent. Il se trouve à l'hôpital en raison de souffrances digestives. L'interne, hier soir, l'a mis sous scope pour une surveillance optimale. Par contre, voilà la découverte que nous venons de faire.

L'infirmière soulève le drap et avec stupéfaction, j'aperçois les deux « *coucougnettes* » de monsieur Godefroy sectionnées et posées entre ses jambes, il s'est castré lui-même. Il les regarde sans broncher.

Je suis sidéré et je peux vous affirmer que cette partie anatomique du corps humain ne saigne pratiquement pas.

— Mais enfin Marina, comment a t'il fait ça ?
— Il a utilisé le porte urinal en métal qui lui a servi de scalpel pour taillader la peau de son scrotum. Il n'a crié à aucun moment, même pas un petit gémissement. Et son automutilation n'a entraîné aucune perturbation cardiaque. Le scope est resté silencieux et aussi régulier qu'une montre suisse.
— Allez, direction le bloc opératoire. On attend de voir l'intervention du chirurgien.

La rencontre magique

J'ai soudainement envie de m'écouter l'Ave Maria d'Alessandro Moreschi. Mais allez, je ne me laisse pas distraire.

Suivant :
Un homme un peu gêné se présente aux urgences. Il parle en douce à l'hôtesse d'accueil.

Tout aussi discrète, elle se rend auprès de l'infirmière et lui fait part de l'arrivée d'un patient qui se plaint d'un petit problème peu courant.

Celle-ci le prend en charge et lui demande des renseignements complémentaires et l'homme lui répond :
— Je ne sais pas comment elle a pu parvenir jusque-là, mais ça me fait horriblement mal. Tôt ce matin, j'ai fait une promenade en forêt et un peu plus tard, je me suis aperçu que cette tique est venue mordre... ma verge. J'ai essayé de l'enlever, mais il reste encore un bout dedans.

Tout s'est bien terminé. J'ai retiré la totalité de la bestiole et le patient a eu droit à un beau bandage.

Suivant :
Tiens, voilà Mathéo qui déambule dans les couloirs des urgences. On dirait un bébé tout juste sorti de l'école. Il est un peu perdu, il m'adresse la parole :

— Je travaille aux cuisines et mon chef m'a demandé de me rendre ici pour récupérer la « *clé à clitoris* » afin de réparer la machine à laver la vaisselle qui ne fonctionne plus.

— Ah ! Mon p'tit bonhomme, t'as pas de chance, le personnel du champ de tir est venu la chercher ce matin. Va les voir !

J'ai honte pourtant, mais j'ai bien rigolé quand même.

Suivant :

Ah non… pas de suivant, l'éclairage des salles de soins vient de tomber en panne. Deux agents des services techniques arrivent sur place rapidement. Ils passent plus de quinze minutes à inspecter chaque recoin, à vérifier les tableaux électriques, les prises, les interrupteurs, et même les appareils médicaux. Ces derniers ne trouvent aucune anomalie apparente, ce qui les laisse perplexes. La tension monte alors qu'ils commencent à envisager d'appeler l'ingénieur des travaux pour résoudre ce mystère.

C'est à ce moment-là qu'une femme arrive par un couloir adjacent. Elle vient de la radiologie. Elle arbore une magnifique compresse sur le nez tenue par deux sparadraps. Elle semble manifestement désorientée par l'obscurité qui règne, et c'est au moment précis où elle pose un pied dans les urgences que la lumière revient brusquement, éclairant à nouveau l'endroit.

Les agents des services techniques quittent les lieux, toujours perplexes quant à la cause de la panne.

La femme se tourne vers moi avec une expression d'inquiétude et me dit :

— En arrivant à l'hôpital ce matin, les portes automatiques du hall d'accueil ne se sont pas ouvertes et je me suis cognée dedans. Un sérieux problème électrique sévit dans cet hôpital.

— A c'était donc vous.

— Vous étiez là ?

— Oui, j'ai assisté à la scène. C'est moi qui vous ai accompagnée aux urgences.

— C'est très gentil, merci. Comment puis-je vous remercier ?

— Mais vous n'avez pas à me dire merci. Je suis médecin. Je ne fais que mon travail.

— J'insiste !

— Je vous en prie, entrez ici, je vais vous prescrire des anti-inflammatoires et des antidouleurs.

Nous nous engageons dans le bureau, et j'invite la patiente à s'asseoir. Alors que je lui recommande les médicaments, je tente d'entamer une conversation plus personnelle.

— Écoutez, je ne suis pas habitué à ce genre de chose, mais nous pouvons prendre un verre ensemble en guise de remerciement si vous souhaitez ?

— Ça sera avec plaisir, toutefois à une condition…

— Oui, laquelle ?

— Vous me laissez me rétablir. Et dès que je n'ai plus d'ecchymose, je vous téléphone et on s'organise un apéritif en ville.

— Ça marche comme ça.

Je lui donne mon 06. Elle prend le post-it et mon ordonnance pour les ranger soigneusement dans son sac à main.

— D'après votre dossier que j'ai sous les yeux, vous vous appelez Jade. Enchanté Jade, moi c'est Julien.

— Enchantée également.

Je la raccompagne à la porte et elle disparaît dans les coulisses de l'hôpital après s'être retournée en me disant à voix basse :

— À très vite, Julien.

Je suis seul dans ce bureau. Je réfléchis à cette rencontre inattendue et à la proposition que j'ai faite. Je ressens un mélange d'émotions, attiré par quelque chose d'inexplicable et d'anormal. Je réalise que, malgré les circonstances de ce face-à-face, cette femme, et surtout son charme, m'intrigue.

Et bien ! Avec tout ça, il est déjà 14 heures. Il est temps que j'aille déjeuner. Je descends au restaurant du personnel. Je croise Mathéo. Visiblement, il cherche encore la clé qui doit servir à réparer la machine à laver la vaisselle.

Je saisis un plateau. Une salade composée et quelques fruits feront l'affaire. Je m'attable seul.

Merci Colette

À la table juste en face de la mienne déjeunent trois aides-soignantes.

L'une d'elles commence à relater sa péripétie de la veille. Je me réjouis en pensant que cela ouvrirait une nouvelle page pour mon livre.

　　— Savez-vous ce qui m'est arrivée hier après-midi les filles ?
　　— Ben non Colette ! Raconte.
　　— En sortant du boulot à 15 heures, je vais sur le parking pour prendre ma voiture. J'avais décidé d'aller faire un peu de shopping en ville.

Elle décrit cette voiture comme une splendide berline décapotable flambant neuve, revêtue d'un élégant noir métallisé, ornée de jantes en alliage de 20 pouces, et agrémentée de nombreuses options. En somme, un pur modèle de luxe, un véritable petit bijou.

　　— J'en avais envie depuis longtemps. J'ai épargné euro après euro pendant plusieurs années pour réaliser mon rêve. Je l'ai acheté il y a huit mois. Donc, hier, je me suis rendue sur le parking, et à ma grande surprise, ma voiture avait disparu, tout simplement volatilisée. Vous n'imaginez pas l'horreur !
　　— On te l'a piqué ?

— Attendez ! Donc, Valérie, de la maternité qui passait par là, me propose de m'accompagner au commissariat de police pour déposer plainte.

Colette continue en expliquant que l'officier de police enregistre sa demande et ne cache pas ses inquiétudes. Il lui dit notamment que retrouver ce genre de véhicule est très difficile, et que des bandes professionnelles et organisées perpètrent ces vols. Et enfin, qu'il allait tout mettre en œuvre le plus rapidement possible.

— Ensuite, je suis rentrée chez moi. J'ai essayé d'appeler mon mari pour l'avertir de la terrible nouvelle, mais je n'arrêtais pas de tomber sur son répondeur.
— Et après ?
— Attendez les copines, à 18 heures, je reçois un appel.
— De qui ?
— De l'officier Flicman du commissariat qui m'annonce qu'une patrouille a découvert mon véhicule en parfait état. À ce moment-là, les filles, j'ai dû m'asseoir. Des larmes de joie coulaient sur mes joues. Et le policier continue en m'apprenant qu'ils ont arrêté le coupable. Il se trouvait au rond-point des quatre routes… juste à côté de chez moi. Et il termine en m'indiquant que je le connais bien.
— Ah bon, c'est qui ?
— Vous n'allez pas me croire. C'était mon mari. Vous imaginez la honte, les filles ? C'est mon homme qui avait pris la voiture. Il m'en avait parlé la veille, mais je ne m'en suis plus souvenue.

Et moi, je dis merci Colette. Je vais pouvoir mettre ça dans mon cahier.

D'ailleurs en buvant mon café, je repense au mot que j'ai trouvé ce matin. Que puis-je accomplir ? Attendre ou intervenir ? Comment agir ? Où aller ? Que faire ?

Ah, au fait ! Tant que j'y suis - page 55 - j'apprends à l'instant que le chirurgien n'a rien pu faire pour sauver les deux orphelines !

Mamie Louise

Je retourne dans mon service.

J'y trouve une gentille et charmante mamie nommée Louise, récemment transférée depuis la maison de retraite en raison d'un problème respiratoire aigu.

Louise est connue et appréciée, et tout le monde sait qu'elle possède beaucoup d'argent et de nombreuses propriétés dans le centre-ville. Elle a deux enfants, un garçon et une fille, qui n'ont jamais rendu visite à leur mère malgré sa bonté et son affection.

Elle en ressent une grande tristesse et affirme avoir tout accompli pour eux. Elle leur a donné tout l'amour dont ils avaient besoin, veillant à ce qu'ils ne manquent jamais de quoi que ce soit. À l'âge de 18 ans, ils ont eu chacun une voiture neuve. Lorsqu'ils se sont mariés, elle leur a offert une maison, ainsi que de nombreuses autres générosités.

Les conditions de Louise se détériorent rapidement, et un de mes collègues appelle sa famille pour leur annoncer la gravité de la situation. Les enfants promettent de venir dans le service dans quelques heures.

À 18 heures, deux couples se présentent comme les héritiers de Louise. L'infirmière Morgane leur communique que l'état de santé de leur mère s'est amélioré grâce à un nouveau traitement. Cependant, ils n'expriment aucune gratitude. Au contraire, furieux de l'incident, ils quittent la chambre de leur maman sans même lui dire bonjour.

Ils s'avancent vers Morgane qui se trouve là et l'insultent :
— C'est une honte de nous déranger et de nous faire venir d'aussi loin alors qu'elle va bien.

Morgane est complètement décomposée devant le comportement de cette famille. Elle n'a pas le temps de rétorquer qu'ils ont déjà tous tourné les talons et sont partis.

Moi, de mon côté, je me sens impuissant face à cette situation difficile et à l'ingratitude des enfants envers leur mère et le personnel médical !

Ma journée de travail se termine. Je me précipite vers mon bureau pour vérifier si un nouveau message a été ajouté dans mon cahier. Rien, rien de rien. Je le referme. Je quitte l'hôpital sans m'empêcher de penser à cette histoire et à l'injustice dont Louise a été victime de la part de sa propre famille. C'est un rappel poignant des nombreux défis auxquels sont confrontés les professionnels de la santé, mais aussi des moments de grâce et de réconfort qu'ils trouvent dans leur travail malgré les difficultés.

Il fait agréable dehors, je décide de rentrer chez moi à pied. J'aime traverser le centre-ville pour profiter des rues animées. En chemin, je passe devant une librairie, et un livre en vitrine, intitulé « *Vos chers défunts veulent vous parler* », attire immédiatement ma curiosité. Je pénètre dans la boutique pour feuilleter les premières pages.

Le bouquiniste m'observe et remarque l'attention que j'ai pour ce recueil, il me conseille gentiment :

— C'est un ouvrage d'une qualité exceptionnelle pour une première incursion dans les mystères inexplorés du spiritisme. Si le monde de l'occulte et de l'inexpliqué vous intrigue, ce livre vous emportera dans une aventure envoûtante et mystique.

Au prix de 12,99 €, je le prends sans trop réfléchir. Je ris discrètement « *dans ma barbe* », surpris de me voir intéresser par les sciences occultes, une démarche bien différente de mon approche cartésienne habituelle. C'est comme si je me laissais entraîner par la curiosité et le mystère qui enveloppent les événements étranges de ces derniers jours.

Cette acquisition marque un changement dans ma perspective et me plonge dans un monde inexploré de possibilités paranormales. Je ne sais pas encore où cela me conduira, pourtant je me tiens prêt à explorer de nouvelles théories pour comprendre.

Le monde de l'au-delà

Je dois dire que ce livre est vraiment bien fait, et j'y ai découvert les techniques employées pour entrer en contact avec les âmes.

Il expose différentes méthodes de communication. La médiumnité, par exemple, représente l'une des capacités les plus répandues. Un spirite agit comme un canal entre le monde des vivants et celui des esprits.

D'autres préfèrent manipuler la planche Ouija, un outil de divination composé d'un tableau avec des lettres, des chiffres et des mots couramment utilisés.

Certains croient fermement que les défunts peuvent communiquer à travers nos rêves.

Pour ce qui est de l'écriture automatique, elle est décrite comme une méthode générée par une personne qui affirme laisser les âmes guider sa main pour constituer des messages en tenant un stylo ou un crayon.

D'autres encore tentent d'entrer en contact avec des morts en usant de rituels d'oraison, invoquant en particulier l'esprit qu'elles souhaitent contacter.

Je lis aussi un chapitre sur les séances du guéridon tournant. Les participants s'asseyent autour d'une table légère, placent leurs doigts dessus, puis prétendent qu'ils la font bouger de manière autonome pour former des mots.

L'ère numérique a également donné naissance à des récits de proches décédés qui envoient des messages par le biais des médias sociaux, les courriels et d'autres plateformes en ligne. Bien que ces expériences soient largement discutées, elles ne manquent pas de susciter fascination et mystère.

Le livre insiste sur l'importance de faire preuve d'une extrême prudence quand on s'engage dans ces pratiques. La communication avec l'au-delà peut être associée à divers risques, y compris des conséquences psychologiques et émotionnelles pour ceux qui tentent de contacter les défunts. L'auteur recommande fortement de s'initier avec des personnes qui connaissent et maîtrisent la médiumnité, car elles peuvent fournir des conseils, promouvoir l'éthique et garantir la sécurité lors de ces expérimentations.

Je ne suis pas plus avancé, car je ne vois pas qui, dans mon entourage, aurait des connaissances dans ce domaine !

Alors que je continue à feuilleter mon ouvrage, je m'intéresse de plus près au chapitre qui traite de l'interaction au moyen d'un téléviseur. Il explique comment procéder, et je décide de suivre le processus.

J'allume le poste et commence à zapper à travers les chaînes. Je dois me concentrer sur un canal spécifique et voir si quelque chose d'étrange attire mon attention. La difficulté réside dans la capacité à discerner les présences ou une éventuelle connexion anormale avec les images de l'écran. Que les personnes à la télévision me parlent directement, ou que quelque chose de surnaturel se diffuse.

Je surveille attentivement les informations ou les messages que je pourrais recevoir par le biais de ce support pour accéder au mystère central de mon histoire, Marie-Jeanne.

J'y passe bien une demi-heure, malgré cela je ne remarque rien de vraiment concret.

Je persiste en m'installant encore plus douillettement dans mon fauteuil, face à la télévision. Une intense respiration et je me focalise à fond. Je veux voir quelque chose, n'importe quoi, sur cet écran !

Je me surprends à pouvoir entrer dans un état de profonde concentration. Je scrute les moindres détails, cependant je dois me rendre à l'évidence. Ça fait bien une heure que je regarde cette télé, et absolument rien ne me laisse penser que quelqu'un ou quelque chose de l'au-delà désire communiquer avec moi. Et en plus, c'est épuisant !

Il est 22 h 20, tout est calme lorsque mon téléphone émet une sonnerie qui m'avertit d'un Whatsapp. C'est étrange, car je n'en ai jamais à cette heure-là. C'est un coup des esprits !

J'attrape mon portable. C'est Jade :

Bonsoir Julien, je sais qu'il est un peu tard, mais je voulais vous remercier encore une fois pour ce matin. Bizarrement, mon ecchymose a presque disparu, sûrement grâce à vos médicaments. J'aimerais vraiment aller boire un verre avec vous un de ces soirs. À bientôt. Jade

Je suis surpris et néanmoins ravi :

Bonsoir Jade, je suis content que vous alliez mieux. Ce sera avec plaisir. Je suis libre dimanche, si vous pouvez ?

Elle me répond dans l'instant :

C'est parfait dimanche soir. 20h sur la place de l'église, cela vous va ?

Et je ne me fais pas attendre non plus :

C'est génial, je serai dimanche soir à 20h sur la place de l'église. Bonne nuit

À dimanche, bisous. Bonne nuit

Voilà que Jade, que j'ai rencontrée ce matin, m'envoie des bisous maintenant !

J'éteins mon téléphone, la télévision et je referme mon livre. Je vais me coucher. Demain, une longue journée m'attend.

En voilà un qui a du flaire

Six heures quarante-cinq, mon mobile me fait sursauter. Un message de Jade ? Naaaaaaannnn, c'est mon réveil qui me dit de me lever.

Une heure trente après, je franchis les portes de l'hôpital en prenant bien soin de contrôler si elles fonctionnent correctement ! Et comme tous les matins, je vais saluer Fabrice.

    — Salut, Fabrice. Comment vas-tu ce matin ?
    — Bonjour, Julien. Tu ne vas jamais me croire.
    — Allez, raconte.
    — Ça vient de se passer. Un chien était allongé devant les ascenseurs du sous-sol. C'est un beau malinois de couleur fauve qui ne doit pas avoir plus de cinq ans. Il n'affichait aucune méchanceté, il attendait, c'est tout. C'est l'agent de sécurité, Patrice, qui l'a remarqué en faisant sa ronde. Il s'en est approché et l'a caressé. Il a cherché son tatouage qui était gravé à l'intérieur de l'une de ses oreilles. Il le note et il vient me voir après avoir mis le chien en sécurité dans un local fermé à clé. Avec le numéro d'identification, j'ai pu avertir le Fichier National Canin qui m'a fourni les coordonnées du propriétaire et notamment son téléphone. Je viens tout juste de le contacter, il habite à dix kilomètres d'ici.
    — Et ?
    — C'est là que ça devient fou. Voilà la conversation :

— Bonjour, monsieur. C'est l'hôpital et je vous appelle pour vous prévenir que votre chien se trouve chez nous.

— Ce n'est pas possible.

— Ben si.

— C'est inouï, il a disparu depuis hier soir. Et vous savez ce qui est encore plus incroyable ?

— Non.

— Ma femme est actuellement hospitalisée dans votre établissement, car elle vient d'accoucher. J'arrive pour le récupérer.

— Tu te rends compte, Julien, le chien a parcouru un peu plus de dix kilomètres en quelques heures pour rejoindre sa maîtresse.

— Non, mais c'est dingue ça ! Me voilà avec une anecdote de plus à ajouter à mon bouquin.

— À ce propos, si tu veux qu'on l'écrive ensemble, tu me dis, hein ?

— C'est sympa Fabrice, je devrais y arriver tout seul. Bonne journée.

— À plus tard Julien.

Je fonce vers l'ascenseur, direction mon bureau. J'ouvre mon cahier mais il n'y a aucun message de Marie-Jeanne, ce qui me déçoit. Je gribouille cette nouvelle histoire.

Fumer tue

— Bonjour, tout le monde.
— Bonjour, docteur.

Mon chef de service arrive à ma rencontre :
— Tu peux te rendre en pneumologie ? L'infirmière vient de m'appeler : Un patient a eu un comportement problématique. Il se trouve sous oxygène et a eu la brillante idée de fumer une cigarette. Je n'ai pas l'impression que la situation revête d'une gravité importante mais peux-tu aller vérifier sur place ?
— J'y vais !

J'arrive dans le service de pneumologie et l'on me guide vers la chambre du patient. L'infirmière me fait un topo rapide :
— C'est un homme de 53 ans, admis il y a maintenant quatre jours pour un encombrement pulmonaire. Il commence à ressentir le manque de tabac et il a dû allumer une cigarette. On ne sait pas comment il a réussi à se la procurer. Heureusement que Marion est entrée dans la chambre au même moment pour réaliser les soins. Elle a vu une flamme surgir de l'installation d'oxygène et une boule de feu est venue lécher le visage du patient. Elle a eu le réflexe de couper immédiatement l'alimentation.
— Tu féliciteras Marion de ma part.

J'ausculte le patient. Il s'en tire avec quelques brûlures de faibles étendues au deuxième degré. Il convient de recevoir des soins supplémentaires pendant encore quelques jours.

Je reviens aux urgences et rends compte à mon chef de service.

Ma matinée se déroule plutôt calmement. Un motard a subi une fracture à la jambe, une jeune femme a ingéré un tube de paracétamol parce que la vie se montre cruelle avec elle, et un petit garçon de cinq ans a avalé une bille. Puis cette femme qui me dit :

      — Ma fille, treize ans, vient d'avoir ses règles, pouvez-vous l'ausculter ?

Bizarrement, je n'ai pas faim. Ce midi, je ferai ma pause dans mon bureau. J'ai besoin de m'isoler. Jade, Marie-Jeanne et toutes ces histoires me turlupinent.

Marie-Jeanne joue avec la clim

J'ouvre mon cahier. Marie-Jeanne ne s'est pas manifestée. Je relis mes anecdotes, en sélectionne une, puis la rédige de manière claire et compréhensible. Je suis assez satisfait du résultat qui me fait sourire. Ce n'est pas mal après tout car je ne suis pas écrivain. Et puis de toute façon, c'est pour ma maman et mes deux ou trois amis.

Je transpire. C'est parce que je n'ai pas l'habitude de me concentrer comme ça sur un texte. La dernière fois, c'était pendant mes études, sauf que là, je dégouline de plus en plus. Des gouttes de sueur viennent perler mon front. Il fait très chaud et une sensation d'étouffement m'envahit. Ce qui m'inquiète, c'est que je n'ai aucun problème de santé. J'ai l'impression que quelque chose semble anormale, jusqu'à ce que je réalise que la climatisation ne fonctionne pas. Je me marre tout seul. Non, mais ! C'est vraiment n'importe quoi !

J'appelle les services techniques :
— Bonjour, je suis Julien, l'urgentiste. Je me trouve au septième dans mon bureau et la clim à l'air de ne plus tourner.
— Oui, nous le savons. On ne sait pas ce qu'il se passe. Elle vient de tomber en panne il y a cinq, six minutes et on ne trouve pas pourquoi. Et encore plus étrange, elle s'est inversée. C'est-à-dire que vous n'allez pas tarder à ressentir de l'air chaud.
— Ah ! Ben oui, je le sens déjà.
— On règle ça le plus vite possible docteur.
— Merci.

À ce moment précis, je ne peux pas m'empêcher de penser à Marie-Jeanne.

— Marie-Jeanne, c'est vous, vous êtes là ?

En l'espace d'une seconde, une tasse qui était posée sur une étagère à côté de la cafetière se met à gigoter et tombe sur le sol.

— Marie-Jeanne, c'est vous, vous êtes là, répondez-moi ?

Un silence désagréable remplit mon bureau, et je reste attentif à toute manifestation. Cependant, rien ne se produit. Finalement, je décide de quitter la pièce et de descendre dans un endroit que j'estime plus sécurisé. Quand j'arrive au rez-de-chaussée et que les portes de l'ascenseur s'ouvrent (bizarre !), je sors. Je prends l'allée de droite qui mène à mon service. Au loin, je distingue une silhouette qui me rappelle étrangement Jade. Je hâte le pas pour la rattraper, mais elle tourne à droite. Je m'empresse de la suivre, accélérant de plus en plus, et lorsque j'atteins l'intersection des deux couloirs, elle a disparu, comme volatilisée. Je suis certain que c'était elle.

Aussi lisse qu'un poulet

L'après-midi de cette fin de semaine s'écoule plutôt calmement. Juste cette petite situation qui m'a bien fait rire.

Charlotte vient tout juste de décrocher son diplôme d'aide-soignante. Sa première affectation se trouve ici aux urgences.

Son cadre de service :
— Charlotte, tu veux bien préparer monsieur Barbier. Tu dois le raser pour son examen.

Persuadée que ce patient devait subir une coronarographie, Charlotte entame en détail et timidement son travail… le pubis, les testicules, les hauts de cuisses pour terminer par son bas-ventre… Elle ressort de la chambre à moitié confuse de cette première expérience.

Dix minutes plus tard, son cadre l'interpelle à nouveau :
— Charlotte, tu n'as pas encore pris en charge monsieur Barbier. Rase-le rapidement, c'est l'heure de son examen.
— Bah si ! En plus, j'ai déjà fini et j'ai passé beaucoup de temps avec lui, il a beaucoup de poils.

Après dix secondes de regards perplexes, le responsable du service réagit :
— Je pense que tu t'es trompée. Monsieur Barbier doit effectuer un électrocardiogramme. Tu devais lui raser la poitrine pour poser les électrodes.

Très professionnellement, Charlotte ressort ses lames et cinq minutes plus tard, voici monsieur Barbier aussi lisse qu'un poulet prêt à cuire.

Il est l'heure. Je rentre chez moi.

Pendant toute ma soirée, je feuillette et relis certaines pages de mon livre sur les techniques de spiritisme. Mon esprit s'évade ailleurs. Marie-Jeanne, la clim, Jade qui s'est évaporée…

Il est né, le divin enfant

Samedi matin. Danièle assure la permanence aujourd'hui. Il est encore tôt, toutefois les téléphones n'arrêtent pas de sonner. Sûrement l'effet week-end. La pauvre, elle ne sait plus où donner de la tête et pour soulager sa besogne, je décroche un combiné :

— Centre Hospitalier, bonjour.

— Pourriez-vous me dire si madame César, qui a accouché ce matin, est revenue dans son service ?

— Je vais vous passer sa chambre.

— Non non, un instant s'il vous plait ! Je suis plus qu'embêté, car madame César est ma maîtresse… Je suis peut-être le père de l'enfant et je voudrais savoir si son mari se trouve à ses côtés avant que vous me mettiez en relation avec elle. Pouvez-vous aller voir ?

— Je suis au standard. La seule chose que je peux faire dans ce cas-là, est de transférer l'appel au secrétariat du service maternité.

— Non non, merci, je vais essayer de trouver une autre solution.

Et il raccroche !

— Bonjour, Danièle. Il commence bien ce week-end, hein ?

— Attends ! Tu n'as rien entendu encore.

— Quoi ? Que s'est-il passé ?

— J'ai reçu un appel juste avant que tu arrives, et un homme m'a dit :

— Pourrais-je parler à mon ami qui est en soins à l'hôpital ?

— Oui, bien sûr. Pouvez-vous me donner son nom ?

— Euh… Je ne connais pas exactement l'orthographe de son nom, s'exclame-t-il tout en essayant de donner quelques lettres du patronyme de son camarade.

— Je tente quelques recherches avec les informations qu'il vient de me fournir, mais toutes restent infructueuses. Je lui demande dans quel service pourrait être son ami :

— Je ne sais pas moi, je crois qu'il a la chiasse.

— Votre ami doit certainement se trouver en gastroentérologie, je vous mets en relation avec les infirmières.

— Lol, à plus tard, Danièle, je vais bosser.

La petite pilule bleue

Dans la soirée, ce patient, aux prises avec divers problèmes de santé, se voit contraint de suivre un traitement psychiatrique au sein d'un établissement spécialisé. Cependant, il a une étrange habitude qui marque son quotidien, une routine qui intrigue et amuse à la fois.

Invariablement, chaque jour à dix-sept heures précise, il fait son apparition. Perché sur un antique bicycle, une relique sortie tout droit de la dernière guerre mondiale, il arrive aux urgences. Aucun de ses vieux phares n'arrivent à percer les ténèbres, ses pneus usés semblent prêts à rendre l'âme. Bref, son vélo ressemble plus à une épave à deux roues.

Toutefois, la première impression est trompeuse, car l'homme est d'une gentillesse exemplaire, d'une politesse rare, et d'une amabilité à toute épreuve. Son rituel reste immuable, presque cérémonieux. Et chaque fois, il se dirige vers l'accueil des urgences et de manière prévisible pour s'adresser à Danièle. Les mêmes mots, toujours les mêmes phrases, toujours dans le même ordre. Infatigablement, il les cancane comme une récitation qu'il a apprise sur le bout de ses doigts.

Chaque jour, avec un sourire avenant, l'infirmière lui tend une enveloppe soigneusement préparée. Elle renferme une « *petite pilule bleue* » qui s'avère, en réalité, être un placebo, c'est-à-dire un subterfuge bienveillant pour apaiser les tourments de cet homme au vélo vintage.

Et comme chaque soir, il enfourche son antique bicyclette en ruine et repart chez lui, disparaissant jusqu'au lendemain. Sauf en ce jour particulier, marqué par quelque chose d'inattendu.

Vingt minutes plus tard, notre habitué revient en trombe. Les pneus crissent bruyamment dans l'élan d'un beau dérapage, avant de freiner brusquement devant l'entrée en manquant de peu un véhicule de police en stationnement. Il jette son vélo par terre avec force et se précipite à l'intérieur des urgences, son visage rosi et couvert de sueur trahissant un effort colossal.

Dans une salle d'attente bondée, l'homme, dont la voix tremble, s'adresse aux soignants médusés :
    — Ce n'est pas mon médicament, celui-là est rouge, et pour moi, il est toujours bleu !

L'infirmière responsable se sent bien sûr déconcertée et lui remet aussitôt une seconde enveloppe qui contient maintenant, la précieuse petite pilule bleue.

Il la saisit, jette un coup d'œil rapide à l'intérieur pour s'assurer que son remède salvateur se trouve bien là, puis repart avec un sourire manifeste, vraisemblablement satisfait.

Dix-neuf heures sonnent, marquant la fin du boulot. Je me dirige une dernière fois vers mon bureau, où les services techniques ont apparemment résolu le problème de climatisation. J'écris quelques notes dans mes dossiers professionnels, puis j'ouvre mon cahier d'anecdotes. Marie-Jeanne ne m'a pas plus rendu visite que ce matin. Je quitte l'hôpital. Demain est un jour de repos bien mérité, et je compte passer une soirée agréable en compagnie de Jade.

Mon ami Romain

Me voilà dans mon petit nid douillet où l'on se sent bien. Ce n'est pas très grand. C'est un bel appartement de 63 mètres carrés dans lequel je suis seul. Et ça me suffit. Il ne dispose que d'une chambre, ce qui crée un espace appréciable dans la salle et le salon. La cuisine, laquée rouge et chrome, installée à l'américaine, termine de l'aménager coquettement.

Je me cale dans mon fauteuil face à la télévision. Je réfléchis quelques secondes. Je mange quoi ce soir ? Je pioche quelques restes dans le frigo ? Je vais au supermarché faire des courses ou je m'organise un petit resto sympa que l'on trouve le long du fleuve ?

J'oublie rapidement les grandes surfaces un samedi. Je suis bien tenté d'aller dîner à l'extérieur, mais j'y vais demain. J'ouvre la porte de mon réfrigérateur. Ce filet de poulet fermier déjà cuit ira à merveille. Je n'ai plus qu'à monter une belle mayonnaise. Il me reste du fromage et une île flottante.

Je sors tous les ingrédients du frigo et entame l'émulsion de ma mayo. Je vous fais une confidence, j'ai un petit secret pour l'enrichir. Je mets une pincée de piment d'Espelette pour réveiller les papilles. Essayez, vous m'en direz des nouvelles. La sauce commence à prendre quand la sonnerie de mon téléphone retentit. C'est mon ami Romain. Nous avons fait nos études ensemble. Moi j'ai choisi urgentiste, lui généraliste. Il possède son cabinet privé dans un petit village de Provence.

— Salut, Romain. Comment vas-tu ? Ça me fait plaisir que tu m'appelles.

— Salut, Julien. Écoute, ça roule, je n'ai pas à me plaindre. Et toi, comment ça va dans ton hôpital, pas trop dur ?

— Le boulot, cool. Par contre, il m'arrive un truc…

Je lui raconte tout ce qui s'est passé ces derniers jours, y compris Marie-Jeanne, Jade, les phénomènes, les mots que j'ai retrouvés dans mon carnet de notes, et toutes les anecdotes que je consigne.

— Effectivement, tu ne t'ennuies pas. Tu me tiendras au courant pour Marie-Jeanne… et surtout Jade…

Un fou rire éclate.

— C'est tout de même surprenant tous ces phénomènes, mais moi tu vois je n'y crois pas trop à tout ça.

— Moi non plus figure toi. Malgré cela, je suis bien obligé de me rendre à l'évidence et pour le moment de les subir. Je me suis un peu documenté pour entrer en contact avec Marie-Jeanne. Ca ne se fait pas aussi facilement, j'aurai besoin de temps. En tout cas, avec toutes ces histoires que je consigne, je pense que je vais pouvoir écrire un bouquin.

— Tu as raison, quand on faisait nos études, j'ai assisté à des trucs incroyables et je me suis toujours dit que je pouvais en faire un petit livre.

— Vas-y raconte.

— Et bien comme ce jour où je me trouve de garde aux urgences dans cet hôpital breton et qu'une famille se pointe en fin d'après-midi. C'est leur dernier moment à la mer. Ils s'apprêtaient à retourner chez eux, en région parisienne. La maman a eu l'idée de profiter encore une fois de l'océan.

Elle me dit :

— C'est quand même dommage d'abandonner cet endroit sans une ultime escapade au bord de l'eau ! Quel chagrin de quitter ces lieux magnifiques, cette bonne odeur d'iode, ces côtes sauvages, et le bruit des vagues qui viennent s'y briser.

C'était sans compter sur son petit bonhomme de huit ans, Alexandre, qui était déterminé à prolonger ces merveilleux moments et à en profiter jusqu'à la dernière minute. Il galope de rocher en rocher. Et ce qui devait arriver arriva. Il a dérapé sur quelques algues traînantes et s'est retrouvé les quatre fers en l'air, le nez dans la vase. Il se relève tant bien que mal en boitant. Et forcément, direction les urgences pour contrôler cette cheville gonflée et douloureuse.

Et pour les réconforter un peu, j'engage une conversation plus intimiste :

— Vous résidez en vacances dans la région ?

— Oui, oui, et nous repartons tout de suite, quinze jours, ça passe vite. Mais nous reviendrons, c'est tellement magnifique et reposant. En plus de ça, on n'a eu que du beau temps !

— Allonge-toi bien, mon petit bonhomme, on va prendre une photo de ta cheville.

On a installé Alexandre sur la table de radiographie. Le bilan indique une entorse qui nécessite des soins. Les brancardiers le ramènent aux urgences et l'infirmière le décore d'un superbe strapping.

Et moi j'enchaîne :

— Tu es tout mignon Alexandre. Félicitations, t'es un grand garçon. Et puis qu'est-ce que tu ressembles à ton papa.

J'ai soudainement entendu les mouches voler. Un silence pesant s'est installé. Un léger malaise s'est fait ressentir. J'ai vu la maman rougir et Alexandre baisser la tête. Je crois que j'ai compris mon erreur à ce moment-là. Elle s'approche discrètement de moi et me glisse à l'oreille :
— Ce n'est pas le papa, c'est mon amant !

Il s'éclipse en catimini et moi je me promets de faire preuve de plus de réserve à l'avenir.

— Et bien Romain, t'as fait mal ! Tu peux m'en raconter d'autres ? Lui dis-je en rigolant.
— Oui, celle-là : Mélanie est en train de faire ses études d'infirmière. Un jour, Florence, une aide-soignante, lui dit :
— Allez viens, je vais te montrer où se situe le service de réanimation.

— Pour te dire, Florence est une belle Martiniquaise, bien charpentée, bien ronde à forte poitrine. Elles se dirigent toutes les deux vers l'ascenseur, ambiance bon enfant, ça rigole bien. Elles entrent dans la cabine et les portes se ferment. La réanimation est trois étages au-dessus. Mélanie va alors vivre les minutes les plus hallucinantes de sa période d'étudiante.
— Ah bon, qu'est-ce qu'il s'est passé ?
— Florence défait les boutons pression de sa blouse de haut en bas, prend ses seins lourds dans ses mains et demande à Mélanie :

— T'as vu mon nouveau soutien-gorge, je l'ai choisi avec de la dentelle. Tu le trouves bien, t'aimes bien la dentelle ?

— Ouh la la !... Tu n'en as pas une dernière ?

— Si, tiens, celle-là : Un jour aux urgences, une petite débutante vient d'arriver. Je m'en souviens bien, elle s'appelle Morgane. C'était calme ce jour-là et l'équipe a décidé de lui préparer une blague. Un aide-soignant, Philippe, s'est mis un casque de mobylette sur la tête et une fausse paire de lunettes à double foyer. Il débarque dans la salle d'attente et se présente à Morgane en lui disant :

— Bonjour, madame. Je viens donner mon sperme.

— Euh... oui..., un instant s'il vous plait, répond Morgane. Elle se dirige dans une chambre de soins et cherche désespérément de l'aide auprès d'un médecin ou d'une infirmière. En voilà une qui pointe enfin le bout de son nez et lui dit :

— Nous avons beaucoup de travail et on ne peut pas s'en occuper. Demande-lui s'il se sent en forme et quelle quantité il peut nous livrer.

Morgane change de couleur en passant du rouge au teint un peu plus pâlot. Elle s'exécute. Pas évident le boulot dans un hôpital, pense-t-elle. Et l'infirmière en rajoute une couche :

— Prends le pot jaune et dis-lui de tout mettre dedans.

Morgane s'empare du contenant et accompagne le donneur vers une salle de soins. Il commence à se débarrasser de son manteau. La pauvre petite en profite pour s'éclipser discrètement mais Philippe la rattrape :

— Ah oui ! Mais je ne peux pas faire ça à la va-vite, d'habitude, on m'aide.

Voyant Morgane complètement déstabilisée et à la limite de perdre pied, une autre soignante, un peu plus compassionnelle que ses collègues, met fin à la blague qui aura duré une bonne demi-heure.

— Vous n'êtes que des sadiques.
— Bah ! C'était mignon.

Je prends congé de Romain en lui promettant de le rappeler très vite et de l'informer de la suite de mon histoire.

Tiens ? Ma mayo est redescendue, et bien, ça sera un filet de poulet au naturel, ce n'est pas mauvais non plus.

Tout devient désormais calme et silencieux. Je décide de profiter de cet instant pour me plonger dans ma lecture ésotérique et explore les secrets pour communiquer avec nos chers disparus.

Je me laisse emporter par les mots imprimés. Les pages dévoilent des connaissances anciennes et mystérieuses, et je compulse avec une attention particulière les méthodes et les rituels qui prétendent permettre la liaison avec l'au-delà. Le sujet continue de m'intriguer, même si j'ai une tendance au scepticisme.

Les paragraphes décrivent les séances spirites, les médiums ainsi que les outils traditionnels. L'auteur explique les précautions à prendre et les étapes à suivre pour établir un contact avec l'autre côté. Il met en garde également contre les risques encourus.

Alors que je me plonge de plus en plus profondément dans mon livre, je commence à réfléchir à la nature de la vie et de la mort. Je médite sur la manière dont les gens cherchent désespérément à maintenir un lien avec leurs êtres chers disparus pendant que ma pensée divague, entre la science, la croyance et le mystère de l'au-delà.

Cependant, au lieu de continuer à lire passivement, une idée me traverse l'esprit. Pourquoi ne pas essayer moi-même une séance spirituelle ? Je m'abandonne à l'expérience de l'écriture automatique. Je saisis du papier et un stylo, je me prépare à me laisser accompagner par le royaume des cieux.

Je suis assis dans un profond état de sérénité, la feuille posée devant moi sur la table basse, le crayon à bille que je tiens d'une main ferme. Je respire doucement, prêt à recevoir un éventuel guide ou une inspiration qui viendrait d'ailleurs. Mon esprit demeure calme, mes pensées se dissipent pour laisser place à l'inconnu. Je suis ouvert à cette expérience, en attente de tout signe ou message qui pourrait se manifester. Les minutes s'écoulent lentement, et malgré ma concentration intense, ma main tremblote, créant sur la feuille de papier des traits d'encre confus. Rien ne paraît prendre forme, et les mots restent hors de portée. La frustration me gagne alors que je tente de décrypter ces marques qui ne révèlent aucun sens. Pour l'instant, l'écriture automatique ne semble pas vouloir se concrétiser, laissant place à un sentiment d'incompréhension et d'incertitude. Conscient que la séance de rédaction ne produit pas les résultats attendus, je décide de mettre fin à l'expérience. Je pose délicatement le stylo sur la table pour interrompre le mouvement tremblant de ma main. Peut-être que le moment n'était pas propice, ou que d'autres méthodes s'avéreraient plus efficaces. Je range le tout pour laisser cette expérience mystérieuse en suspens.

Quiproquo

Nous sommes dimanche. Je me lève tôt, j'ai mal dormi. J'avale un café vite fait et je pars à l'hôpital. C'est mon jour de détente. Je dois aller écrire les trois anecdotes que Romain m'a racontées et pour dire toute la vérité, je m'interroge pour savoir si un message de Marie-Jeanne m'attend.

J'arrive au standard. Fabrice est de repos, et Julie assure la présence ce matin. Je passe devant et la salue d'un signe de la main.

    — Bonjour, docteur.
    — Bonjour, Julie.

Je continue mon chemin en direction des ascenseurs lorsqu'un homme vient à ma rencontre. Il se campe devant moi et me dit :
    — Comment vas-tu depuis le temps ?

Soit je ne connais pas cet homme, soit ma mémoire commence à me faire défaut. Je me ressaisis et le regarde attentivement en tâchant de reconnecter quelques souvenirs enfouis dans mon cerveau. Résolument, non ! Je ne vois pas qui est ce monsieur. Cependant, comme je suis de nature poli et que je n'aime chagriner personne, je lui réponds :
    — Bah ! Bien et toi ?

J'essaye, par quelques mimiques et mes yeux écarquillés, de lui faire comprendre qu'il s'est trompé de personne, mais le gars part dans son égarement et rien ne semble pouvoir l'arrêter. Il continue son exposé :

— Tu sais bien que ma femme se trouve hospitalisée en ce moment. Les médecins l'ont admise il y a trois jours à cause de complications liées à une grave infection. Ils disent que cela pourrait prendre beaucoup de temps avant qu'elle ne se rétablisse complètement, et nous nous préoccupons vraiment de son état.

Il marque une pause et semble chercher ses mots, puis il poursuit :

— Le service de médecine ici s'avère excellent, mais l'incertitude et l'attente demeurent particulièrement difficiles à vivre pour nous en ce moment, et nous devons persévérer à faire face à tout ce qui se présente.

La détresse perceptible dans ses yeux reflète la lourde charge émotionnelle qu'il porte en tant que soutien pour sa femme malade. Mon empathie innée me pousse à continuer d'écouter les moindres détails de la mauvaise santé de son épouse sans pouvoir mettre un terme aux explications de cet homme tellement il éprouve un besoin de parler.

— Ils lui ont fait tellement de choses. D'abord, elle a subi une série d'examens approfondis, des analyses de sang, des scanners, des radiographies. Puis, ils ont commencé un traitement avec des médicaments puissants pour essayer de contrôler l'infection. Comme ça n'a pas montré d'amélioration significative, ils ont décidé de passer à une intervention chirurgicale pour la drainer.

Il marque une pause, les yeux fixés dans le vide, comme s'il revivait les moments pénibles de l'hospitalisation de sa femme. Puis il poursuit, un peu plus bas :

— Ensuite, d'autres procédures ont eu lieu comme des consultations avec des spécialistes, et encore plus de médicaments. Malgré tous ces efforts, ça ne va toujours pas mieux. C'est difficile à comprendre, et ça nous inquiète énormément.

Ce pauvre homme n'en finit plus dans ses explications. J'acquiesce par des hochements de tête furtifs.

Cette discussion à sens unique semble interminable et pour me dépêtrer de cette situation, j'indique à mon interlocuteur que je dois absolument retourner à mon poste de travail.

— Oui, bien sûr. Et toi ça se passe comment dans ton service de cuisine, tout va bien pour toi ?
— Euh, oui ! Tout va bien, merci.
— Ok ! À la prochaine et de toute façon, on se rappelle.
— On fait comme ça, bon courage, à plus tard !

Je fonce en direction des ascenseurs. L'un d'eux m'attend et je m'y engouffre, direction le septième. En attendant d'y arriver, je me dis que ça me fera quatre anecdotes à mettre dans mon livre.

J'ouvre mon bureau. Je saisis mon cahier. Visiblement, Marie-Jeanne n'est pas passée cette nuit. J'écris mes nouvelles histoires. Une heure plus tard, je quitte l'hôpital.

— Au revoir, Julie. Bonne journée.
— Bonne journée, docteur.

Sirop d'orgeat et cacahuètes

Je me dirige vers le parking où ma voiture est stationnée. Je démarre le moteur et commence à rouler. Après quelques mètres, un bruit étrange qui provient de l'arrière me fait tiquer. Je décide de m'arrêter au plus vite pour vérifier ce qui se passe. C'est le pneu droit qui est crevé.

Je réfléchis vite fait. Dans ce contexte, et en plus un dimanche, je n'ai pas trop de chance de trouver un garage ouvert. Je dois pourtant trouver une solution immédiate, car j'ai à tout prix besoin de mon auto. En pesant mes options, je me dis que le service des ambulanciers, situé à seulement 300 mètres de là, pourrait avoir le matériel nécessaire.

Je décide de m'y rendre à pied. La courte distance reste relativement facile à parcourir, et j'espère que leur équipement de réparation pourra résoudre mon problème de pneu crevé.

Me voilà arrivé au pied du bâtiment. Un de leur véhicule est garé juste devant la porte, ce qui renforce mon optimisme à trouver ce que je souhaite. Je m'apprête à entrer quand soudain, une voix m'interpelle de l'intérieur de l'ambulance :
    — Eh ! Vous allez me laisser encore longtemps là-dedans ? Ça fait un vingt minutes que j'attends.

Surpris, je me tourne instinctivement et j'aperçois un homme en pyjama allongé sur le brancard. Il semble impatient et peut-être un peu mécontent de la situation. J'interromps pour un moment mon intention initiale de chercher de l'aide. Je m'approche de l'ambulance et lui dis :

— Je m'occupe de vous tout de suite.

Je me dirige rapidement dans le local en pensant bien trouver quelqu'un pour m'expliquer ce qui se passe avec cette personne âgée. À mon arrivée, je suis surpris parce que je vois ! À l'intérieur, cinq fonctionnaires sont assis autour d'une table, en train de déguster ce qui paraît être des verres de… sirop d'orgeat.

— Eh, les gars ! Il y a un patient dans l'ambulance dehors, et il a l'air d'espérer depuis un bon bout de temps.

Mon ton calme exprime néanmoins ma préoccupation pour la personne qui attend. J'escompte à une explication rapide de leur part, car la situation semble exiger une attention immédiate.

L'un des ambulanciers, manifestement surpris par ma remarque, manque de s'étouffer avec une poignée de cacahuètes et répond en s'exclamant :

— Ah zut ! Le patient de la maison de retraite, on l'a oublié !

Alors que je m'apprête à réagir à cette négligence, deux des hommes disparaissent au pas de course. J'entends le bruit du moteur s'éloigner au loin.

— Bien ! Ma voiture se trouve sur le parking central et un des pneus est crevé. Pourriez-vous m'aider ?

Un des ambulanciers s'approche de moi et, tout en paraissant sincèrement désolé, me dit :

— Ne vous inquiétez pas docteur, on s'en occupe tout de suite.

Il arrive à ma voiture et moins de temps qu'il ne faut pour avaler un sirop d'orgeat, ma roue est démontée et transportée dans leurs locaux pour « *autopsie* ». Au bout de dix minutes, celui que je suppose être le responsable vient vers moi et m'annonce :

— Docteur, votre pneu n'est pas crevé, il est juste dégonflé. Je ne vois pas trop ce qui a pu se passer.

Incidents clos. Voiture réparée.

Viens vite, il veut tuer tout le monde.

Il est 14 heures, je suis de retour chez moi, et je décide d'allumer mon ordinateur. Ma curiosité naturelle m'entraîne encore une fois vers les mystères du spiritisme. J'ouvre mon moteur de recherche préféré configuré pour afficher en direct les informations du jour.

Le titre en gros caractères « *Bavure à l'hôpital* » attire immédiatement mon attention. Intrigué, je clique sur l'article pour en savoir plus sur cette histoire. Le texte relate un fait divers :

Centre de la France - *Dans un hôpital de la région, une nuit apparemment calme a été le théâtre d'un incident des plus troublants. Les agents du service des urgences ont décidé de tuer le temps de manière peu commune, plongeant l'établissement dans une situation délicate.*

Tout a commencé lorsqu'un brancardier a été envoyé au laboratoire situé au sous-sol pour y déposer des prélèvements sanguins à des fins d'analyse. Cependant, à peine avait-il atteint le laboratoire que son bip s'est mis à sonner de manière insistante, émettant un code indiquant une urgence absolue.

Le brancardier, paniqué, a saisi le premier téléphone à sa disposition pour contacter le service des urgences. L'interne de garde, visiblement bouleversé, lui a répondu d'une voix tremblante : "Viens vite, un homme est entré avec un fusil et menace de tuer tout le monde."

95

Pris de terreur, le brancardier a immédiatement entrepris de rejoindre les urgences, mais en chemin, il a croisé l'un des cuisiniers de l'hôpital. Voyant l'expression de terreur sur le visage du brancardier, il lui a demandé ce qui se passait. Après avoir entendu le récit de la situation aux urgences, le cuisinier a décidé d'appeler la gendarmerie pour signaler l'incident en cours.

Cependant, le brancardier, bien que terrifié, a décidé de continuer vers les urgences pour porter secours à ses collègues. Il avançait à pas de loup le long des murs, craignant que l'individu armé ne l'entende approcher. À sa grande surprise, une fois arrivés aux urgences, ses collègues se sont soudainement rassemblés autour de lui, éclatant de rire et se moquant de lui collectivement.

Le brancardier, consterné, a expliqué que tout n'était qu'une mauvaise blague et qu'il avait alerté la gendarmerie. Ses collègues ne l'ont pas bien pris et lui ont reproché amèrement sa réaction.

L'histoire aurait pu s'arrêter là, mais ce n'était pas le cas. À cet instant, plus personne ne riait. Chacun se renvoyait la responsabilité du canular, refusant d'assumer son rôle.

L'interne de garde a finalement décidé de rappeler la gendarmerie pour expliquer la situation, mais il était déjà trop tard. La cellule d'intervention de la gendarmerie nationale de la région était en route pour intervenir. Le cabinet du Préfet avait été alerté et exigeait un rapport circonstancié.

Le lendemain, tous les protagonistes de cette farce douteuse étaient convoqués chez le directeur du Centre Hospitalier. L'atmosphère était tendue, et les rires avaient laissé place à un profond malaise.

Jade la sensuelle

Il est 18 heures. Mon rendez-vous avec Jade est dans deux heures. Direction la douche.

Je ne sais pas, j'ai envie d'un peu de coquetterie, de séduire, d'être un homme d'une élégance inégalée.

Je sors mes vêtements. Débutons par le bas, car, comme le disait ma grand-mère, « *c'est là que tout commence.* » J'enfile un pantalon acheté dans un magasin appelé « Fessestival » qui fait de son enseigne un véritable festival de confort et de style. Ce pantalon est d'une élégance telle que même les plis s'inclinent en signe de respect. Pour maintenir ce chef-d'œuvre en place, j'opte pour une ceinture exotique dont le nom restera à jamais un mystère, vu que je l'ai gagnée dans un duel avec un vendeur de rue. C'est une magnifique pièce, en cuir synthétique, ornée de motifs que personne n'a jamais réussi à déchiffrer. Le moment est venu de choisir la chemise assortie. J'ouvre mon armoire et après de longues réflexions, j'opte pour un tissu très doux et une couleur bleue profonde qui fera ressortir mes yeux. Pour parfaire mon allure, je me dirige vers ma collection de parfums de la maison « *Art'Homme* », une marque énigmatique et confidentielle. Je choisis une fragrance qui mêle succès et mystère. Un seul spray suffit à faire tourner les têtes et à susciter des questions sur son origine.

Enfin, je chausse une paire de souliers qui semble sortir tout droit d'un film de James Bond. Leur élégance s'avère telle qu'ils peuvent convaincre même les plus sceptiques que je suis un agent secret en mission pour sauver la planète Terre de la banalité.

Il est 19 h 40 et je quitte mon appartement avec l'assurance d'un homme prêt à conquérir le monde. Je crois qu'avec mon style irréprochable, je peux affronter n'importe quelle nuit avec panache. Et qui sait, peut-être, que ma tenue me mènera à des aventures inattendues…

Me voici sur la place de l'église. Jade m'a devancé. Elle est d'une beauté lumineuse, rayonnante autour d'elle comme une aura. À vue de nez, je parie sur un mètre soixante-cinq. Elle est fine et élancée et est vêtue d'un magnifique tailleur noir laissant apercevoir un décolleté plongeant mais subtilement discret à la fois. Elle est chaussée de talons hauts et son maquillage impeccable camoufle le peu qu'il reste de son ecchymose.

Je m'interroge intimement : Suis-je réellement celui qui va passer la soirée en compagnie de cette créature de rêve ? L'excitation et le doute se mêlent en moi, produisant une projection palpitante pour la suite.

Elle arriva vers moi pour m'embrasser sur la joue, un sourire radieux illumine son visage.

— Je suis vraiment heureuse que tu aies accepté mon invitation, m'avoue-t-elle gracieusement.

Son enthousiasme et sa joie se propagent, et je me sens privilégié de me savoir avec elle. J'ai hâte de partager ce moment en sa compagnie.

Je lui retourne mon contentement de la même manière.

— Et si on allait boire un verre dans ce bar-restaurant qui est à la mode ?

L'idée la séduit, et nous nous mettons en route vers cette maison branchée, prêts à profiter d'une soirée agréable.

Nous entrons dans l'établissement et l'ambiance est tout simplement parfaite. Les lumières sont tamisées, créant une atmosphère chaleureuse et intime. L'espace paraît douillet, avec des sièges cosy qui invitent à la détente. Une musique charmante flotte dans l'air, ajoutant à l'ensemble une touche d'élégance.

Nous nous dirigeons vers une table pour nous y installer. L'endroit semble être le cadre idéal pour une soirée agréable et romantique.

— Une coupe de champagne te ferait plaisir ?
— Je ne peux pas rêver mieux.

Le serveur nous sert 2 flûtes et quelques amuse-bouches excellemment cuisinés. Nous trinquons pour marquer le début de cette magnifique soirée.

Nous entamons la discussion et je prends l'initiative de me présenter plus en détail. Je lui raconte mon parcours et mes expériences. Au fil de la conversation, nos verres se vident presque imperceptiblement, je fais alors signe au garçon qui comprend immédiatement que nous désirons poursuivre notre dégustation.

— Et maintenant à toi Jade, parle moi de toi.

J'écoute attentivement lorsque Jade se présente. J'apprends qu'elle a 29 ans et qu'elle est architecte d'intérieur à son compte. Elle mentionne que son bureau se trouve à seulement cinq minutes d'ici, dans le centre-ville.

Au fil du temps, nous continuons à échanger et à partager nos expériences et nos passions qui ont pour effet de créer un lien de plus en plus proche.

Jade se révèle très intéressante et je l'écoute avec attention tout en m'enivrant de sa beauté.

    — Dis-moi, Jade, ça te dirait de dîner ici ? Je vois les assiettes passer depuis un moment, et ça a l'air délicieux.
    — Dis-moi, comment s'appelle ton parfum que je trouve très agréable depuis le début de la soirée ?
    — C'est Mystère Mâle de chez Art'Homme. C'est peut-être plus le champagne qui t'enivre ?
    — Peut-être un peu des deux, qui sait ?
    — Un mètre soixante-cinq !
    — Quoi ?
    — Je dirai que tu mesures un mètre soixante-cinq.
    — Soixante-quatre !

Nous éclatons de rire, puis en me regardant avec un sourire, elle ajoute :
    — Oui, continuons ici, j'ai aussi remarqué la finesse des plats qui sont servis.

Jade commande du foie gras et une queue de lotte à la crème de citron et estragon. Pour ma part, j'opte pour des gambas flambées au Pastis, puis un filet mignon de porc à la truffe.

Notre conversation se poursuit, et je me décide à poser une question qui m'intrigue depuis un moment :
— C'était bien toi qui étais dans les couloirs de l'hôpital, vendredi vers 14 h 15 ?
— Oui, c'était moi.
— J'étais certain de t'avoir reconnue, j'ai essayé de te rattraper, mais tu as disparu.
— Eh bien, je crois que je dois jouer franc jeu avec toi. Je ne veux pas que tu aies l'impression que je te manipule.

Sa réponse imprévisible me fait écarquiller les yeux. Je me demande ce qu'elle va m'annoncer comme révélation. J'ai hâte de découvrir la vérité qui se dissimule derrière sa visite à l'hôpital.

Alors que le serveur apporte les entrées, je profite de sa présence pour lui commander la carte des boissons. Après un rapide examen, nous choisissons deux verres de vin d'un excellent château bordelais.

Nous dégustons notre premier plat. Jade prend la parole. Mon calme apparent cache l'anticipation qui grandit en moi, et j'écoute attentivement. Elle commence :
— En 1921, mon arrière-arrière-grand-mère était infirmière ici, dans l'hôpital de cette ville. C'était une soignante dévouée. Elle s'appelait Marie-Jeanne et était connue pour sa compassion envers les malades et l'engagement pour son travail. Cependant, un jour sombre a bouleversé sa vie. Tout a démarré avec un incident mystérieux quand un homme

gravement souffrant est décédé dans des circonstances suspectes. Les médecins qui cherchaient un bouc émissaire ont rapidement porté leur regard sur Marie-Jeanne, car elle assumait la responsabilité du patient cette nuit-là. Ils l'ont accusé d'avoir commis une erreur qui aurait provoqué sa mort. Elle a été victime d'une injustice terrible. Les griefs se sont avérés infondés, et la pression et l'hostilité du personnel l'ont poussée à bout. Elle a été licenciée de son poste d'infirmière en chef, et la communauté hospitalière qu'elle avait tant aimée l'a rejetée. Ne pouvant supporter la honte et le désespoir, elle s'est retirée dans l'ombre de l'hôpital. La nuit suivante, elle s'est introduite dans une chambre abandonnée de l'aile psychiatrique. Dans cet endroit lugubre et oublié, elle a trouvé un vieux cordon de drap. Les ténèbres de l'accusation infondée et de la dépression l'ont envahi, et dans un acte de désarroi, elle s'est pendue à une poutre en bois. Depuis lors, sa présence hante l'hôpital. Les apparitions fantomatiques, les phénomènes paranormaux et les manifestations étranges tourmentent les soignants depuis des décennies. Sa soif de justice l'a poussée à solliciter de l'aide à travers les âges, et c'est ainsi qu'elle a jeté son dévolu sur toi et qu'elle a choisi de communiquer avec toi.

En finissant sa phrase, Jade me prend la main tout en maintenant son regard sur moi.

    — Est-ce que je dois comprendre que notre rencontre n'est pas liée au hasard ?
    — Le hasard n'existe pas, Julien !
    — Et l'hôpital vendredi après-midi ?
    — J'ai un don de médiumnité, et je peux communiquer avec Marie-Jeanne. Je viens lui rendre visite aussi souvent que je le peux.

Un silence respectueux s'installe entre nous alors que j'assimile cette révélation. L'instant prend une tournure encore plus mystérieuse et intrigante.

Le serveur nous apporte la suite du repas, et la beauté spectaculaire des assiettes qui sont présentées nous émerveille.

— Si je comprends bien, la tasse de café qui s'est renversée dans mon bureau, c'est Marie-Jeanne ?
— La tasse de café, le pneu dégonflé de ta voiture, la panne de la climatisation, les portes qui ne s'ouvrent pas, tout ça, c'est Marie-Jeanne.
— D'accord Jade, mais qu'est-ce que je viens faire dans cette histoire ? Qu'est-ce que Marie-Jeanne attend de moi ?
— Comme je te l'ai dit, Marie-Jeanne a jeté son dévolu sur toi. Elle m'a confié que tu ressembles comme deux gouttes d'eau à son fils qu'elle a eu en 1919. En plus, elle a perçu chez toi une énorme empathie envers les patients et un grand professionnalisme.

Je pose une question directe et empreinte de perplexité :
— Pourquoi elle ne se sert pas de toi puisque tu peux communiquer avec elle ?
— Elle ne m'a pas jugée apte à la délivrer. Ce sont quelques-uns de mystères de l'au-delà.
— Et que dois-je faire moi ?
— Tu dois la libérer pour qu'elle puisse aller enfin en paix.
— Comment ?
— Entrer en contact avec elle et l'écouter.

Le serveur interrompt brièvement notre tête-à-tête pour s'enquérir de la qualité de notre repas. Jade s'exprime d'abord :

— C'est délicieux. Merci.

J'approuve en laissant échapper un léger sourire. Lorsqu'il nous propose un dessert, nous échangeons un œil complice et répondons en chœur par la négative.

Notre conversation reprend son cours.

— Tu me dis de rentrer en contact avec Marie-Jeanne, mais j'essaye depuis plusieurs jours. J'ai même acheté un livre pour me documenter. J'ai passé des heures à me concentrer, à méditer, à l'inviter.

Jade me regarde avec compréhension :
— J'entends à quel point ça peut être frustrant. La communication avec les esprits ne survient pas toujours immédiatement ni de manière prévisible. Parfois, cela prend du temps et de la patience. Je suis là maintenant. Appelle-moi dès que tu en as besoin.

Je demande au serveur l'addition pour clore cette soirée riche en révélations et émotions.

Jade décline mon invitation à la raccompagner chez elle, préférant marcher seule.

— Eh bien, merci pour tout Jade. Nous nous contactons de toute façon rapidement. Rentre bien et passe une bonne nuit.

Jade penche lentement la tête vers la mienne pour m'embrasser. Sa main droite vient avec douceur me ceinturer, tandis que la seconde prend subtilement mon visage. Elle dépose un tendre baiser sur ma bouche. Il devient de plus en plus fougueux. Chaque mouvement de ses lèvres évoque une délicate caresse. Notre échange se transforme en quelque chose de profond et envoûtant.

Au fil des secondes qui s'écoulent, je ressens que Jade me serrer un peu plus, jusqu'à ce que nous soyons étroitement collés l'un contre l'autre.

Elle s'approche de mon cou, puis de mon oreille pour me susurrer :
— J'ai changé d'avis, emmène-moi chez toi !

Ses mots, chargés de désir, ajoutent une nouvelle intensité à l'instant présent.

Un peu de douceur dans ce monde de brutes

Nous atteignons le pied de mon immeuble après un trajet empreint de complicité où elle n'a pas lâché ma main une seule fois.

Alors que je tente d'ouvrir la porte d'entrée du hall, mes doigts tremblent légèrement en introduisant la clé. Ce qui trouble mes gestes, ce n'est pas tant le champagne dégusté, mais plutôt l'excitation grandissante suscitée par cette beauté qui se trouve à côté de moi. Ses yeux, sa voix, chaque échange subtil nous rapprochant davantage et me mettant dans un état presque insoutenable.

Nous pénétrons dans l'obscurité du couloir de l'immeuble où nous sommes seuls. L'atmosphère est chargée d'électricité, comme si l'univers entier conspirait pour que cette nuit devienne exceptionnelle.

J'appuie sur le bouton de l'ascenseur et en moins d'une minute, il arrive et nous y prenons place. Alors que les portes commencent à se refermer, Jade se jette soudainement sur moi, attrape mon visage et m'embrasse avec une émotion brûlante, comme si elle avait anticipé cette minute avec autant d'impatience que moi.

Cette démonstration d'affection spontanée me surprend, mes sens s'embrasent. Nos regards se croisent dans un échange profond et passionné, ce qui fait grimper l'excitation entre nous à des sommets inexplorés. L'atmosphère dans l'ascenseur devient électrique, chargée d'une énergie sensuelle et palpable.

Alors qu'il nous emporte vers mon appartement, nous sommes plongés dans un instant de complicité et de désir partagé. Chaque étage parcouru est un pas de plus vers une nuit qui s'annonce inoubliable.

J'ouvre la porte de mon logement, laissant Jade entrer la première. Alors que nous pénétrons dans l'espace, je lui propose :
— Veux-tu boire quelque chose, Jade ?
— Du champagne, si tu en as.

Avec enthousiasme, je hoche la tête. Je m'éclipse aussitôt dans la cuisine et revient avec deux coupes.

Jade s'est déjà installée dans le canapé, et sa main repose élégamment sur le coussin à côté d'elle. C'est comme une invitation silencieuse à me rejoindre, et je m'empresse de m'asseoir à ses côtés. Je perçois dans son regard une lueur de curiosité et d'attente, comme si elle cherchait quelque chose que je suis sur le point de lui offrir.

Le champagne pétille délicatement dans nos verres, et son parfum enivrant remplit l'air. Nous trinquons pour célébrer ce moment, nos yeux se croisant avec une intensité croissante. Jade prend une gorgée, et l'expression de satisfaction qui traverse son visage en dit long sur son appréciation. Son compliment sur la décoration de mon appartement me touche au plus haut point, notamment parce qu'il émane de quelqu'un qui excelle dans le domaine de l'architecture d'intérieur. Je lui adresse un sourire, reconnaissant pour sa remarque.

— C'est gentil de ta part de le dire. J'ai essayé de créer un espace qui me ressemble, je ne suis pas aussi doué que toi dans ce domaine.

Nous échangeons des conversations légères, des rires sincères, et des regards chargés d'une tension électrique.

— Je te ressers un verre, Jade ?
— Volontiers !

Alors que je reviens dans le salon avec les deux coupes de champagne, je remarque immédiatement que Jade a retiré ses chaussures, ce qui ajoute une touche de détente à notre soirée. C'est comme si chaque geste, chaque détail renforçait l'atmosphère de confort et d'affinité qui règne dans mon appartement. Mon attention se pose sur elle, et je découvre qu'elle a élargi son chemisier d'un bouton supplémentaire, dévoilant davantage sa beauté et sa sensualité.

Je lui tends sa coupe de champagne. Nos regards se croisent et un sourire complice passe entre nous.

Je ne mets pas longtemps à apercevoir que son corsage s'ouvre peu à peu et de plus en plus, révélant un buste dans une tenue des plus suggestives et un superbe tatouage. Son décolleté, déjà audacieux, flirte avec l'indécence, mais maintenant, c'est sans aucun doute une provocation délibérée. Ce n'est qu'à ce moment-là que j'ai remarqué l'absence de tout soutien pour sa poitrine ferme et tendue. Et pour couronner le tout, un bijou se distingue très nettement, perçant l'un de ses bouts pointus. Ma main a glissé dans son corsage, déclenchant un nouvel échange de baisers passionnés et sensuels. Nous n'avons eu besoin que de quelques secondes pour nous débarrasser de nos vêtements gênants.

Chers lecteurs, je tiens à rappeler que cet ouvrage n'a en aucun cas pour vocation d'être un récit érotique, ce qui altérerait le ton et la nature de ce livre ainsi que son classement éditorial. Je suis donc contraint d'interrompre ici mes descriptions, vous laissant libre d'explorer votre imagination et vos pensées les plus osées. Retenez juste que ma nuit avec Jade s'est révélée extraordinaire, sans doute la plus mémorable de toutes. Jade est une féline, diablement séduisante et passionnante.

Il est 6 h 40 et mon réveil m'oblige à ouvrir les yeux. Le repos, bien qu'assez bref, était d'une exquise qualité. Jade se délasse paisiblement à mes côtés. Je décide de me lever en délicatesse pour ne pas l'éveiller et de descendre chercher deux croissants à la boulangerie du coin, où l'odeur alléchante des viennoiseries chaudes titille les narines.

C'est de toute évidence cette bonne odeur qui a sorti Jade de son sommeil. Elle se glisse doucement hors du lit et apparaît face à moi. Sans dire un mot, elle vient m'enlacer. Nos bras se serrent l'un autour de l'autre dans une tendre étreinte.

J'invite Jade à s'asseoir tout en déposant une tasse de ce café fraîchement préparé devant elle.

  — Il est délicieux, me dit-elle.
  — What else ?
  — Je vais goûter ce croissant qui me fait de l'œil.

Je ne sais pas trop si c'est la nuit que nous venons de passer ou l'efficacité de cet ultime câlin qui me fait perdre les pédales, je lui réponds bêtement :

— J'aime ta couleur café, tes cheveux café, ta gorge café, j'aime quand pour moi tu danses, alors j'entends murmurer, tous tes bracelets, jolis bracelets, à tes pieds ils se balancent. Couleur café, que j'aime ta couleur café. C'est quand même fou l'effet, l'effet que ça fait, de te voir rouler, ainsi des yeux et des hanches, si tu fais comme le café, rien qu'à m'énerver, rien qu'à m'exciter, ce soir la nuit sera blanche. Couleur café, que j'aime ta couleur café. L'amour sans philosopher, c'est comme le café, très vite passé, mais que veux-tu que j'y fasse, on en a marc de café, et c'est terminé, pour tout oublier, on attend que ça se tasse. Couleur café, que j'aime ta couleur café.

Jade me regarde avec un air ébahi.

— Tu es poète en plus ?
— Mort de rire, excuse-moi, j'ai fait une petite crise de Gainsbourgmania.

Et, bien sûr, nous partons dans un fou rire, jusqu'à ce que mon téléphone m'avertisse d'un message. Il est 7 h 25 et c'est Éric, l'interne de garde cette nuit, qui m'envoie un texto :

Essaie de faire gaffe lorsque tu arriveras. Une patiente Alzheimer a disparu de sa chambre depuis hier soir. Elle se prénomme Virginie.

— Je vais devoir y aller, Jade. Je file prendre une douche. Reste là tranquillement, tu as le temps. J'aimerais tant te revoir. Et puis, nous n'avons pas pu parler de Marie-Jeanne.

— Bien sûr qu'on va se revoir. C'est quand tu veux ! Je vais me préparer ici, si tu permets, et je me rendrai à mon bureau après. Et, ce soir, je n'ai rien de prévu…

— Oui, fait comme chez toi. Tiens voilà un double de la clé, tu me le redonneras plus tard.

Huit heures et quart, je m'apprête à quitter mon appartement. Je regarde Jade, elle s'approche de moi, m'enlace et me dit :

— Tu t'en vas.

Je n'ai pas pu résister et nous partons conjointement dans un délire :

— Mes joies, mes rêves sont pour toi, impossibles de t'y méprendre.

— Tu t'en vas.

— Mais notre amour nous appartient, nul ne saurait nous le reprendre.

— Tu t'eeeeeeennnnnn vas.

— Tu es géniale Jade, allez je file, j'attends de tes news ce soir.

— Je t'envoie un message, promis.

Ce dernier baiser grave à jamais ce moment magique que je viens de vivre, ce que semblent confirmer les regards langoureux que Jade me lance lorsque la porte de mon appartement se referme doucement derrière moi.

J'accède aux abords de l'hôpital et je vérifie avec intérêt, le moindre fossé, chaque coin isolé. Virginie est sûrement par ici.

Huit heures trente, j'arrive dans mon service. Éric m'attend avec impatience pour mettre fin à sa nuit éprouvante.

— Salut, Éric ! Merci pour ton alerte. J'ai scruté un peu partout, je n'ai vu personne en train de déambuler.

— Bonjour, Julien ! Non, ça y est. Virginie vient d'être retrouvée. Il était 18 heures hier soir quand l'infirmière a fait son tour de soins. Elle est entrée dans la chambre de Virginie, mais elle ne se trouvait pas dans son lit. L'IDE a alors alerté immédiatement toute l'équipe. On a passé au crible tous les recoins de l'étage, mais nous ne l'avons pas repérée. Les recherches se sont poursuivies dans le service du dessus, du dessous et enfin dans les escaliers. Elle n'était pas non plus au rez-de-chaussée ni au sous-sol. Nous avons tout fouillé de fond en comble. Tout s'apparentait à une fugue. Nous avons informé les agents de sécurité, puis les ambulanciers, afin qu'ils organisent des rondes à l'extérieur de l'hôpital. On était vraiment angoissé. Du coup, on a même averti le directeur. Enfin, la police a été alertée et a effectué une patrouille. T'aurais vu ça, au moins une dizaine de personnes cherchait Virginie.

— Ah bon, et puis ?

— Il faisait de plus en plus obscur, les minutes s'écoulaient et la situation devenait un tantinet inquiétante. Toute la nuit, le personnel a été à sa recherche. Finalement, peu avant ton arrivée, une aide-soignante a eu la bonne surprise de la trouver assise dans un fauteuil du salon, à l'étage de sa chambre. Elle était en train de regarder son émission préférée à la télévision. Où était passée Virginie pendant tout ce temps-là ? Ça restera une énigme.

La surprise

Ma journée commence comme toutes les autres, ponctuée de consultations médicales et de patients inquiets. Je me rends dans l'espace d'attente pour accueillir une femme d'âge mûr, accompagnée d'une adolescente, fragile et anxieuse. Leurs regards, empreints de tendresse et de préoccupation, suggèrent des liens familiaux forts. La dame, madame Dupont, présente sa fille Manon, une jeune femme de tout juste dix-sept ans, serrant un oreiller contre son ventre et souffrant de douleurs inexpliquées.

Les soucis se lisent sur les visages de madame Dupont et de Manon. Je les invite à me suivre dans la salle d'auscultation, où je m'efforce de mettre la jeune fille à l'aise. Manon s'installe sur le lit d'examen, et sa mère, soucieuse, reste à l'extérieur, respectant l'intimité de sa fille. Tout en posant des questions, j'examine Manon et rassemble les informations nécessaires.

Au fur et à mesure que notre conversation progresse, un tableau médical complexe se dessine, et je commence à soupçonner la vérité. Finalement, l'évidence éclate : Manon a vécu un déni de grossesse. Sa surcharge pondérale naturelle a permis de le dissimuler pendant neuf mois. La jeune femme, submergée par la confusion et l'incrédulité, réalise l'ampleur de ce qu'elle vient de découvrir. Le choc et la peur se lisent sur son visage.

Je décide de révéler la nouvelle à la mère de Manon. Ses yeux s'agrandissent de surprise et d'incompréhension. Les émotions se mêlent alors qu'elle tente de comprendre la situation. Je rassure Madame Dupont en lui expliquant les étapes à venir, la prise en charge et l'accompagnement de sa fille, qui a besoin de soutien dans ce moment de transition inattendu.

Manon est ensuite conduite en hâte à la maternité, où une équipe médicale la prend en charge rapidement. En moins de deux heures, elle accouche d'un petit garçon pesant 3,560 kg. La surprise ne connaît pas de limites, et la vie de cette famille est désormais bouleversée.

Ma journée a commencé dans la routine médicale, et elle a pris un tout autre tournant avec cette révélation inattendue. L'effervescence des vies qui se croisent, le doux fracas des révélations, et les émotions intenses qui les accompagnent font de cette journée une expérience inoubliable à l'hôpital.

Massey Ferguson à la vie, à la mort

Je me dirige vers l'accueil pour consulter le dossier du prochain patient.

— Bonjour, Danièle. Oups ! Pardon.

Je n'ai pas remarqué qu'elle était occupée avec Bernard, une légende des urgences et de l'hôpital en général.

Bernard est un homme au charme authentique. En tant qu'agriculteur, il incarne la robustesse et la sincérité. De grande stature, il revêt fièrement son quotidien dans une salopette usée et des godillots couverts de terre. Le mégot de cigarette souvent au bout de ses lèvres est son compagnon fidèle de ses journées bien remplies. Ses mains et son visage portent les stigmates de son labeur acharné, des marques d'honneur gravées par des années passées à entretenir sa ferme, située à une dizaine de kilomètres d'ici.

Chaque jour, sans faillir, il effectue un voyage vers l'hôpital pour rendre visite à sa bien-aimée, admise depuis maintenant quatre longs mois. Les raisons de son séjour médical sont complexes, en relation avec des dépendances à l'alcool qui ont eu un impact sur leur vie commune. Pourtant, Bernard ne laisse jamais sa femme seule dans cette épreuve. Il traverse la campagne, qu'il connaît comme sa poche, à bord de son fidèle Massey Ferguson, un vénérable tracteur ayant dépassé la quarantaine d'années. Malgré les signes de fatigue apparents, cette monstrueuse machine a bravé des tonnes de pommes de terre et de bottes de paille au cours d'une carrière bien remplie.

À chaque arrivée, l'échappement de l'engin s'anime d'une pétarade particulière, un doux vacarme qui résonne comme une symphonie familière pour Bernard. Les gaz noirs et nauséabonds émanent du véhicule et se mêlent à l'atmosphère de l'hôpital. Il gare son Massey Ferguson là où il peut, que ce soit entre deux voitures ou parfois sur les pelouses. Il est plus que déterminé à se trouver aux côtés de sa chère épouse, quel que soit l'endroit où il doit la rejoindre.

— Vingt Diou, j'bois quand même un ti peu, j'ai plus d'points et faut que j'passe au tribunal, lance-t-il haut et fort dans le hall d'accueil.

Oui, Bernard à un petit problème. La gendarmerie l'a contrôlé positif à l'alcool dans des proportions telles que je le juge lui a retiré son permis pendant douze mois.

Et il rajoute :
— J'mets pas trop d'temps pour v'nir, j'enquille par l'centre-ville. Bonjour, doc Julien, me dit-il.
— Bonjour, monsieur Bernard.
Comment va votre épouse ?
— Ça peut aller, elle va s'en r'mettre.
— Transmettez-lui mes amitiés.
— Ça s'ra fait doc.

La sympathie qui émane de Bernard est si palpable que je me suis juré de le rencontrer un jour, de m'aventurer dans les vastes plaines campagnardes pour m'imprégner de ce monde souvent méconnu.

Il est temps que j'organise ma pause. J'appelle l'ascenseur, direction le septième étage. Je m'élance vers mon bureau, je m'y installe et ouvre la chemise cartonnée où je consigne toutes mes anecdotes. Vous ne devinerez jamais ! Marie-Jeanne m'a laissé un message. Et ce n'est pas n'importe lequel :

Tu as bien joué avec la petite Jade hier soir. Prends soin d'elle, elle est fragile.

Marie-Jeanne

Je reste complètement abasourdi, Marie-Jeanne s'est invitée chez moi. Un tumulte de honte et de colère se déverse en moi. Je lui crie, désespéré :

    — Marie-Jeanne, vous êtes là ? Répondez-moi. Que voulez-vous ? Vous n'avez pas le droit de m'espionner ainsi.

De longues minutes s'écoulent sans le moindre signe de sa part. Je cherche à reprendre mes esprits et je décide de me préparer un café corsé. Je me dirige vers la cafetière et je trébuche sur un câble électrique qui ne se trouvait pas ici auparavant, et j'évite de justesse la chute. Bref, j'allume la machine, cependant elle ne marche pas. J'ai beau la manipuler dans tous les sens, allant même jusqu'à la démonter, mais je ne vois aucune solution pour la réparer ni la faire fonctionner correctement.

Dépité, je retourne à mon bureau. Imaginez ma surprise lorsque je découvre un deuxième mot, soigneusement écrit :

> *Je me suis éclipsée lorsque vous êtes montés dans l'ascenseur. Ce qui s'est ensuite déroulé ne me concerne pas, mais étant donné qu'elle a passé la nuit chez toi, je doute que vous ayez joué aux dominos*
>
> *Marie-Jeanne*

Je parle à voix haute en étant persuadé que Marie-Jeanne entend mes paroles, même si elle ne répond pas. Ma perplexité et mon inquiétude grandissent à mesure que je cherche désespérément à comprendre ce qui se passe.

— Marie-Jeanne, comment puis-je vous aider ? Je ne vois pas. Pourquoi moi ? Je n'ai aucun talent de médium. Pourquoi est-ce que vous ne vous servez pas de Jade ? Elle détient des compétences qui seront plus appropriées pour ce genre de situation.

Il n'y a toujours pas de riposte de la part de Marie-Jeanne. Je suis pris au piège dans une toile de mystères, et chaque message soulève plus de questions. Je réfléchis à la prochaine étape, l'esprit rempli de pensées. Une chose reste certaine, la rencontre prévue avec Jade ce soir s'annonce encore plus cruciale pour élucider ces énigmes et peut-être trouver un moyen d'aider Marie-Jeanne.

Je quitte mon bureau, il est temps de redescendre. En refermant la porte derrière moi, je cherche la clé dans mes poches, mais elle semble avoir disparu. Je retourne dans mon bureau, elle n'y est pas non plus. Je fouille chaque recoin, malgré cela elle reste introuvable. Ce n'est pas un problème majeur, je vais simplement contacter l'agent de sécurité pour qu'il verrouille la porte, et je demanderai aux services techniques de copier la clé.

Approche psychanalytique

Je retourne aux urgences, à peine concentré.

Mon après-midi se déroule normalement à part un individu qui patiente et quand je vais à sa rencontre pour le prendre en charge, il me dit :

    — Je viens de me rendre compte que la date du yaourt que j'ai consommé ce midi était dépassée. Je crains d'avoir été victime d'une intoxication alimentaire.

Un peu plus tard, Jade m'envoie un message :

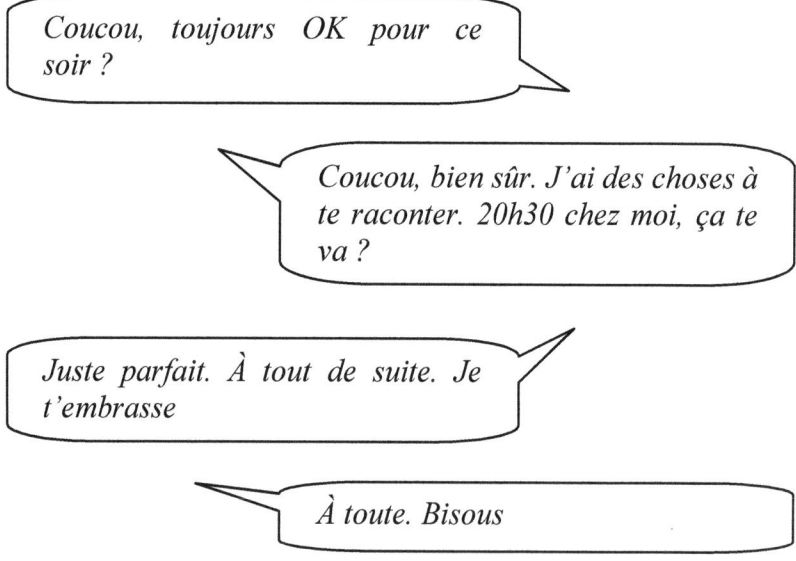

Coucou, toujours OK pour ce soir ?

Coucou, bien sûr. J'ai des choses à te raconter. 20h30 chez moi, ça te va ?

Juste parfait. À tout de suite. Je t'embrasse

À toute. Bisous

Il est 18 h 40, lorsque, au détour d'un couloir, je croise Jean-Henri, le psychiatre.

C'est un homme à l'apparence discrète et élancée. Sa silhouette longue et maigre évoque la délicatesse d'un érudit. Ses épaules légèrement voûtées portent le poids de ses nombreuses réflexions. Par-dessus son nez fin, il arbore des lunettes rondes qui ajoutent une touche d'intellectualisme à son visage. Ses yeux semblent constamment perdus dans la contemplation, ce qui souligne sa nature introspective. Ses pas sont mesurés et calmes, comme s'il marchait au rythme de ses pensées profondes. Jean-Henri préfère les coins tranquilles et les recoins où il peut se retirer du tumulte pour s'abandonner dans son riche monde intérieur. Ses vêtements, simples et discrets, doivent être choisis pour leur confort plutôt que pour leur élégance, ce choix reflète son désir de se fondre dans l'ombre tout en se consacrant à l'étude de la complexité de l'humain.

— Bonsoir, Julien.
— Bonsoir, Jean-Henri. Tout va bien pour toi ?
— Oui, ça va. Je viens de terminer une psychothérapie avec un patient. Avec une approche analytique, explorant les méandres de la psyché du sujet, j'ai mis en œuvre une technique d'entrevue semi structurée, visant à extraire les aspects latents du moi, tout en maintenant une rétroflexion constante. J'ai décidé d'approfondir la dynamique inconsciente en me penchant sur les mécanismes de défense, à commencer par la sublimation et la répression. Je l'ai questionné sur d'éventuels conflits intrapsychiques pour en examiner les projections et les introjections qui pouvaient exister. J'ai également approfondit l'analyse transactionnelle pour mieux comprendre les schémas relationnels sous-jacents. J'ai émis des recommandations pour une psychothérapie d'orientation psycho dynamique. La question des transferts et des contre-transferts devra être mise en avant en suggérant parallèlement une réflexion plus étudiée par le biais de questionnaires d'auto-

évaluation et d'entretiens supplémentaires pour affiner le diagnostic. En somme, cette conversation psychiatrique complexe a exploré une gamme étendue de concepts et de pathologies, soulignant la pluralité de la psyché humaine et la nécessité d'une approche clinique holistique pour expliquer et traiter les troubles mentaux.

Avez-vous compris quelque chose ? Personnellement, quelques passages m'ont échappés !

Je fonce, je suis en retard, Jade arrive chez moi dans moins de trois quarts d'heure. Je n'ai même plus le temps d'aller voir si Marie-Jeanne m'a écrit. Je traverse le hall de l'hôpital en courant, presque en volant.

— Bonne soirée, Fabrice. Pas le temps pour des petites histoires ce soir, désolé !
— Bonsoir Julien, pas grave, ça a été très calme aujourd'hui.
— Pas bon pour mon livre, ça. À demain.
— À demain, Julien.

La Révélation choc

À 20h00, je prends ma douche. Quatre minutes plus tard, j'enfile l'un de mes plus beaux pyjamas. Puis, je me précipite dans la cuisine pour préparer l'un de mes plats fétiches, du moins celui que je réussis le mieux : des coquillettes au beurre …. Mais non ! Je plaisante. Je ne vais tout de même pas lui infliger cela le deuxième soir.

Vingt heures trente, mon interphone retentit. C'est Jade. J'apprécie une telle ponctualité.

J'ouvre la porte, et elle s'engouffre rapidement dans l'appartement. Je vous épargne les détails du baiser passionné.

Trois minutes trente-huit après :
— Bonsoir, Julien.
— Bonsoir, Jade. Je te trouve ravissante.
— C'est trop mignon, merci. Tu as passé une bonne journée ?
— Oui, dans l'ensemble cela a été. À part un de mes collègues qui a essayé de me parler d'hypomanie et de conflits intrapsychiques, c'était comment dire...
Et puis Marie-Jeanne m'a rendu visite.
— Effectivement, je sais.
— Nous devrions discuter de tout ça si cela te convient. J'ai un bon Bordeaux et je peux faire livrer des sushis.
— Extra, j'adore les spécialités japonaises. Ah ! Au fait, tiens c'est la clé de ton bureau.

Je suis dépité et j'imagine déjà la réponse au cas où je m'aventurerai à demander des explications. Je lui dis tout simplement merci.

Le coursier vient d'arriver. Je débouche une bouteille de ce fameux Bordeaux, un Château Étoile d'Or de 2009. Nous nous installons dans le canapé. Les délicieuses saveurs du vin et des sushis créent une ambiance de détente parfaite. J'ose alors une première question :

— Si j'ai bien tout compris, Marie-Jeanne n'est pas méchante. Elle fait plutôt des espèces de petites plaisanteries. Je voudrais savoir réellement où se situe ma place dans cette histoire.

— Tu as raison, je crois qu'il est temps de tout t'expliquer. Assieds-toi bien, car tu vas être surpris.

Te souviens-tu de l'anecdote que je t'ai racontée avec Marie-Jeanne lorsque nous avons dîné en ville ? Celle où les médecins cherchaient un coupable pour élucider un décès mystérieux et où les regards se sont portés sur elle, mon arrière-arrière-grand mère.

— Oui, bien sûr.

— Après une enquête sommaire et sans grand fondement, ils ont prononcé une mise à pied à l'encontre de Marie-Jeanne. Ils ont levé ses responsabilités, puis finalement, elle a été licenciée. Ils devaient rapidement trouver un fautif pour éviter une vague de scandales. Marie-Jeanne n'y était pour rien dans ce décès. Elle s'est suicidée la nuit suivante.

— Mais Jade, je me souviens de tout ça.

— Bien… Et le président du groupe médical de travail et de réflexion à l'origine de l'éviction de Marie-Jeanne n'était autre que ton arrière-arrière-grand-père, Émile.

Cette déclaration me laisse complètement abasourdi. Je saisis la bouteille de vin et me sers un verre. J'en avale la moitié d'un coup sec. Mes yeux fixent un point invisible dans le vide. Ma gorge devient sèche, et je suis plongé dans une forme d'incompréhension totale. Seule Jade semble capable de résoudre cette énigme qui vient de surgir dans ma vie.

— Mais Jade, c'est incohérent ce que tu me racontes. J'ai effectué des recherches sur le net, et je me suis même rendu aux archives de l'hôpital. Absolument aucun document ne mentionne mon aïeul. Ce que tu me dis paraît impossible. Jamais au sein de mon entourage, je n'ai entendu ce passé. Je n'imagine pas qu'un de mes ancêtres aurait été impliqué dans une affaire aussi sombre.

— Je comprends que cela puisse te sembler incroyable, Julien. Parfois certains faits sont volontairement cachés ou supprimés des dossiers officiels, surtout quand ils dérangent. Ta famille a peut-être préféré ne pas en parler pour protéger sa réputation. Tu ne découvriras jamais certains écrits dans des documentations publiques.

J'essaye de faire face à cette révélation extraordinaire qui remet en question toute la perception que j'avais de ma propre histoire familiale. Mon esprit tourbillonne d'émotions et d'interrogations sans réponse. Je reprends un sushi pour trouver un peu d'adoucissement dans cette déclaration inattendue.

— Jade, c'est tellement énorme. Comment puis-je réhabiliter la dignité de Marie-Jeanne et la faire partir en paix ? C'est une tâche colossale, et je doute de savoir par où commencer.

Jade pose délicatement sa main sur la mienne, histoire de me réconforter.

— Julien, j'avoue que cela semble écrasant, néanmoins tu n'es pas seul. Nous pouvons travailler ensemble pour découvrir la vérité et rétablir l'honneur de Marie-Jeanne. Et je pense qu'elle peut nous aider.

Sa voix reste douce et apaisante, et ses yeux reflètent une détermination sans faille. En cet instant, je réalise que nous sommes tous les deux prêts à plonger dans cette quête pour rendre justice à Marie-Jeanne.

— Jade, on pourrait appeler Marie-Jeanne maintenant. On pourrait lui demander des conseils, discuter avec elle. C'est tellement incroyable…
— Non, Marie-Jeanne n'est pas présente. Elle me respecte, elle te respecte, elle respecte notre intimité. Tout doit et devra se dérouler à l'hôpital.
— Bien, nous continuerons nos efforts là-bas alors. Nous trouverons un moyen de réhabiliter l'honneur de Marie-Jeanne et d'élucider cette énigme familiale.

Jade acquiesce et je sens que, peu à peu, je commence à accepter toutes ces révélations troublantes. Notre soirée se poursuit, teintée de détermination à résoudre le mystère qui semble relier notre passé à celui de Marie-Jeanne.

Après avoir dégusté les derniers sushis, je propose à Jade de clôturer notre repas en savourant une délicieuse crème dessert. Elle prend une cuillère qu'elle porte avec élégance à sa bouche.

— Fais attention Jade, tu as de la Danette qui a coulé sur le coin de tes lèvres.

D'un subtil coup de langue, elle rattrape l'entremets.

La pendule du salon indique 1 h 15 du matin quand je suggère à Jade de rester dormir chez moi, ce qu'elle accepte volontiers !

Si votre curiosité vous chatouille à ce point et que vous voulez connaître les détails de la nuit, je vous propose de vous référer au chapitre : *un peu de douceur dans ce monde de brutes*, page 108.

Oh zut, nous sommes déçus !

Jade quitte mon domicile à 8 h 30. Quant à moi, je ne travaille que ce soir pour entamer une série de sept nuits. J'en profite pour faire un peu de ménage dans mon appartement et pour remplir mon frigo et mes placards de provisions. En passant devant les desserts, je prends quatre Danette au chocolat en plus de quatre autres à la vanille. Je ne doute pas que Jade va adorer ça.

19h25. Je me trouve dans la salle d'attente réservée aux patients, quand je remarque soudain une voiture blanche en train de se garer près de l'entrée de l'hôpital. Personne ne paraît sortir du véhicule. Ma position ne me permet pas de voir clairement à travers les vitres teintées, car le soleil se reflète dessus et éblouit la visibilité. Après quelques minutes, je finis par distinguer un homme qui s'extirpe lentement de l'arrière de l'auto. Il semble éprouver des difficultés à marcher et titube. Bientôt, une seconde personne sort du véhicule, lui aussi montrant les mêmes signes d'instabilité. Ils se tiennent maintenant devant la porte du conducteur, l'ouvrent tant bien que mal et entreprennent d'extraire un troisième individu de la voiture. Cette scène de lutte pour le faire sortir se prolonge pendant plusieurs minutes. Serait-ce un troisième patient ? Ils finissent par réussir à sortir le troisième homme de la voiture. Les trois hommes se trouvent très clairement dans un état d'ébriété avancée. Ils se dirigent tous les trois en titubant vers le comptoir de l'accueil. L'un d'eux, visiblement plus ivre que les autres, s'adresse à Patrick, l'agent de réception :

— On vient voir not' pote qu'est mort aujourd'hui. Il est où ? P'être à la morgue, non ?

Patrick leur explique que leur ami repose au funérarium, mais qu'il est fermé à cette heure là, étant donné qu'il est maintenant 19 h 45. L'un des trois hommes réagit avec tristesse :
— Vous êtes sûr ? Oh zut, nous sommes déçus ! On a eu beaucoup de mal à v'nir jusqu'ici.
— Oui, monsieur, je vous assure que plus personne ne peut accéder au funérarium à cette heure-ci, répond Patrick.

Les trois individus font demi-tour et se dirigent vers la sortie, le chauffeur toujours soutenu par ses deux compagnons ivres. Stupéfié par cette scène, Patrick n'hésite pas une seconde à appeler la police. Cependant, avant même l'arrivée des forces de l'ordre, le conducteur démarre brusquement, faisant ronfler le moteur. Il quitte les lieux à toute vitesse, laissant des traces de gomme sur l'asphalte et évitant de justesse deux piliers en béton ainsi qu'un véhicule en stationnement.

Ma nuit de travail commence ainsi.

Plus tard, je reçois un homme avec un bandage, fait maison, autour de la main. Je l'installe dans une salle d'examen avant de lui enlever délicatement la bande de crêpe pour évaluer l'ampleur des dégâts. Il m'explique qu'il est tombé et qu'il s'est soigné lui-même pour tenter de contenir la blessure. Je le questionne et il me répond :
— J'ai mal !
— Ça fait combien de temps ?
— Ça fait environ dix jours
— Dix jours ? Vous n'avez pas pris rendez-vous chez votre médecin ?

— Je vais voir le toubib si je veux... Et puis d'abord, vous êtes qui pour me parler comme ça ? Si je préfère venir aux urgences, c'est moi qui décide... J'cotise à la sécu moi ! ... J'en ai marre de poireauter, j'suis là depuis une heure... C'est bon, j'me casse.

Et effectivement, il se casse.

La lueur des néons se reflète sur les sols luisants et les murs blancs. La tranquillité règne, une certaine tension continue de saturer l'atmosphère, prête à basculer à tout moment.

Les pompiers amènent un homme en brancard, et son visage trahit l'inquiétude.

Un AVC l'affecte, et l'équipe médicale le prend en charge en urgence. Les monitorings indiquent les données vitales, et l'on peut entendre le bruit régulier du moniteur cardiaque. Les infirmières et les médecins se démènent pour stabiliser son état et lui prodiguer les premiers soins.

Un autre patient gémissant de douleur est conduit dans une salle voisine. Il s'est cassé la jambe en se rendant au travail à moto. Son récit s'avère flou, mêlant des détails sur la route glissante, le clignotant oublié et une perte d'équilibre soudaine. Les rayons X révèlent la fracture, et l'équipe soignante le prend en charge pour une intervention chirurgicale d'urgence. Le bruit des instruments médicaux, le brouhaha des discussions entre les personnels de l'équipe.... tout concourt à créer une ambiance effervescente.

Pendant ce temps, nous prenons en charge une femme dont sa main est enroulée dans un linge humide. Elle semble perturbée, expliquant comment elle s'est brûlée en voulant se dépêcher de repasser sa robe. L'infirmière examine la blessure de la patiente, puis la rassure tout en commençant les soins.

C'est une nuit typique aux urgences, où des vies sont sauvées, des douleurs sont apaisées, et où le personnel médical reste infatigable pour répondre à l'appel de ceux qui ont besoin d'aide. L'horloge tourne, pourtant l'hôpital ne dort jamais, prêt à accueillir les imprévus.

Faut m'enlever le stérilet

Il est 22 h 40 lorsqu'une jeune femme, un peu énervée, se présente à l'accueil :
— Bonsoir, je suis madame Durand. Je voudrais enlever le stérilet que vous m'avez posé il y a deux mois. Mon mari ne me touche plus, il ne me fait plus l'amour. C'est un enfoiré, il m'a fait arrêter la pilule pour poser ce truc.

Patrick lui répond :
— Attendez madame…
— Il doit avoir une autre copine. Si je la chope cette s….., je lui démonte la tête… Je ne veux plus de votre matériel.
— Écoutez-moi madame…
— Maintenant le soir, il dort en pyjama. Il n'a jamais fait ça. Il dit qu'il sent le stérilet au bout de son zizi quand il fait l'amour.
— Mais, je vous en prie, laissez-moi parler !
— Il n'est jamais content, il ne sait pas ce qu'il veut. Et, je reçois des appels sur mon portable et chaque fois ça raccroche. Vous ne trouvez pas ça bizarre vous ? En plus, je ne comprends pas pourquoi il rentre plus tard le soir. Il me dit qu'il a beaucoup de réunions de travail. Mon œil, oui !
— Heu, madame, je vous coupe, laissez-moi vous expliquer quelque chose.
— Il se met du parfum. Il s'est acheté de belles chemises et des sous-vêtements sexy. Et maintenant, il va chez le coiffeur deux fois par mois et il est toujours rasé de près. Il a une nouvelle montre… j'ai fouillé dans les factures et aucune ne correspond à cet achat. Ça doit être sa p… qui lui a offert.

— Madame, attendez madame. J'essaye de vous dire qu'à de 22 h 30, il n'y a plus personne au secrétariat de gynécologie. Rappelez demain à partir de 9 h 15 pour avoir un rendez-vous.

La femme s'arrête brusquement, regarde autour d'elle et s'en va subitement sans rien dire de plus.

Serge Mirjean a dit :

« L'hôpital est un établissement public où les malades ont leurs maux à dire. »

— Patrick, je m'absente dix minutes, je dois aller dans mon bureau. Si tu as une entrée, je suis joignable sur mon portable.
— OK Julien, à plus tard.

Décryptage

J'ouvre mon dossier et je découvre ce mot écrit de la main de Marie-Jeanne.

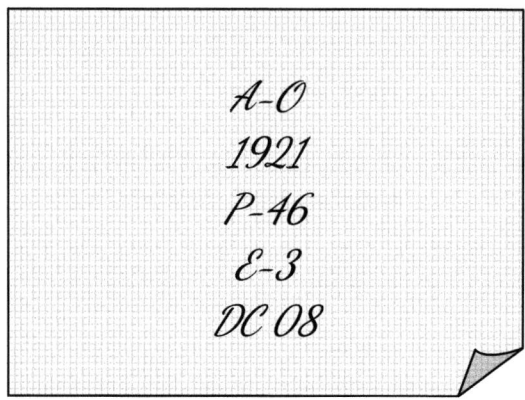

Mis à part 1921, l'année de la tragédie, j'avoue que je ne comprends rien d'autre. C'est un code à déchiffrer, mais lequel ?

— Marie-Jeanne, vous êtes là ?

Je m'assois confortablement sur ma chaise en attendant une réponse, pourtant rien ne se passe. Sauf que je remarque que l'horloge de mon bureau, fixée au mur, est pilepoil en retard de cinq heures. Décidément, Marie-Jeanne est joueuse.

Sans plus hésiter, je saisis ce papier et le glisse avec précaution dans ma poche. La nuit s'étire devant moi avec sûrement une toile d'opportunité qui me permettra de décrypter ces écrits.

— À plus tard, Marie-Jeanne. Je remonterai peut-être plus tard. Merci pour vos messages, je vais m'y atteler.

À peine ais-je achevé ma phrase qu'une douce brise se leva, effleurant les rideaux de la pièce et les faisant onduler de la même manière qu'une danse fantomatique. Puis, des échos électriques, imperceptibles et venus d'ailleurs, emplissent l'atmosphère pour les entendre résonner comme un murmure.

Sursautant légèrement, je me sens à la fois ému et intrigué. Le contact avec Marie-Jeanne semble prendre une autre tournure, une autre dimension.

— Marie-Jeanne, vous êtes là ?

Plus rien. Plus aucun bruit. Plus aucun son. Les courants d'air se sont arrêtés. Marie-Jeanne est vraiment très joueuse, d'une manière qui dépasse le bon sens. Une atmosphère inquiétante et mystérieuse règne maintenant dans la pièce. Elle m'emplit d'une étrange fascination. Je rejoins mon service.

— Ça va Patrick, R.A.S. ?
— Ça va Julien, tout est calme.
— Dis-moi Patrick, toi qui as des années dans cet hôpital, comprends-tu le sens de ce message énigmatique ?

Je lui tends le bout de papier.

— Mais enfin, Julien ! Ça n'a rien d'énigmatique. C'est la méthode de classement aux archives. **A-O**, ça veut dire que le dossier est rangé dans l'Allée Ouest du local. **1921**, c'est l'année de l'archive et elle se trouve dans le **P**lacard **46**. Puis sur l'**E**tagère **3** et c'est le **D**ossier Confidentiel **08**. Voilà !

— Patrick, tu viens de m'être d'une aide précieuse. Allez, c'est ma tournée, je t'offre un café.

L'étonnement doit toujours se lire sur mon visage alors que je suis Patrick vers la salle de pause. Je n'aurais jamais cru que ce message aurait été élucidé en si peu de temps. Cette découverte suscite en moi une nouvelle dose de curiosité.

— Tu as besoin de ce dossier ?

— Oui, mais les archives sont fermées. J'irai demain matin.

— Si c'est urgent, nous avons la clé pour y accéder. Je peux te la prêter. Une fois là-bas, il te suffira de signer le registre et de prendre ce dont tu as besoin.

— Ah ok alors

J'avale mon café vite fait. Je saisis la clé que Patrick me confie et je fonce aux archives. Direction le deuxième sous-sol.

Au moment d'ouvrir la porte blindée, je ressens à nouveau le même courant d'air qui avait balayé mon bureau tout à l'heure. C'est certain, Marie-Jeanne est en train de m'observer !

Je pénètre à l'intérieur de ce vaste espace, qui ressemble plus à une gare qu'à une simple salle d'archives. En plein jour, cela doit paraître tout à fait différent, mais à 4 heures du matin, l'atmosphère devient légèrement angoissante. J'appuie sur l'interrupteur, et presque dans l'instant, des dizaines de mètres de néons s'illuminent, apportant un peu de réconfort à mon exploration.

Je m'empresse d'indiquer mon nom sur le registre situé juste à ma gauche, puis je note le numéro du dossier recherché. Mon paraphe en bas de la feuille, ainsi que la date et l'heure, confirment que tout est en ordre.

Je me sens désormais prêt pour entamer ma recherche. Très rapidement, ce qui devait se révéler être une simple investigation se transforme en une véritable chasse au trésor. Je dois d'abord trouver l'allée ouest, une quête qui aurait presque nécessité une boussole, une carte IGN ou peut-être un guide chevronné. Mon objectif : mettre la main sur l'année 1921, et je crois que les archives vont me faire vivre une expérience temporelle inversée, puisqu'elles commencent en 2023, évidemment !

Après une bonne centaine de mètres parcourus, j'ai quitté les années 2000 pour me retrouver dans les années 50. Encore un petit saut dans le temps, et me voilà enfin dans les années 20, face à 1921, avec rien de moins que 51 placards à cette date. Devant moi se dresse le placard 46, que j'ouvre avec l'excitation d'un archéologue qui vient de découvrir une chambre funéraire vieille de plusieurs siècles.

À l'intérieur, l'étagère numéro 3 se dévoile, comme une énigme bien gardée. Je n'ai aucun doute, l'organisation des archives ressemble plus à un scénario de film d'aventures. Chapeau les archivistes !

Je pars sur ma gauche et je compte jusqu'à huit. J'attrape le dossier que je tiens entre mes mains, puis je le retire de l'étagère. Le temps a usé la chemise cartonnée, pourtant elle semble en bon état de conservation.

Dessus, une belle écriture à l'ancienne indique simplement :

« Leroy, Marie-Jeanne
née le 14 mars 1889
décédée à l'hôpital
le 30 avril 1921 »

Avec le dossier de Marie-Jeanne sous le bras, je ferme le placard avec précaution. Ensuite, je parcours le chemin en sens inverse, prenant soin d'éteindre toutes les lumières avant de rabattre cette imposante porte derrière moi.

Juste au moment où je m'apprête à quitter ce lieu de secrets bien gardés, mon téléphone se met à sonner :
— C'est Patrick, tu peux venir, il y a une entrée.
— J'arrive, Patrick.

Je confie le dossier à Patrick et lui demande de le conserver précieusement.

— Alors qu'elle est cette entrée ?

Les pompiers ont amené un homme de 52 ans, apparemment victime d'une crise cardiaque. Il a été installé dans la salle de déchoquage. Je me rends aussitôt à ses côtés. Il est allongé sur un lit médicalisé, relié à des moniteurs par des électrodes qui affichent en temps réel ses constantes vitales. Une infirmière prend régulièrement sa tension artérielle, surveille son rythme cardiaque et s'assure que l'oxygène insufflé à travers le masque sur son visage maintient une ventilation adéquate.

Une perfusion est en cours pour administrer les médicaments nécessaires pour stabiliser son état. Il semble préoccupé, néanmoins également reconnaissant de recevoir des soins aussi rapidement. C'est dans ces moments critiques que chaque instant compte, et nous faisons de notre mieux pour lui offrir le meilleur traitement possible.

Je m'approche du patient, prêt à évaluer sa condition et à décider des prochaines étapes. L'infirmière m'informe des mesures prises jusqu'à présent et ses antécédents médicaux. Cette information est cruciale pour adopter des choix éclairés sur la gestion de son infarctus.

Je sais que mon expertise revêt une importance capitale pour déterminer la thérapie appropriée. Pour le rassurer, je lui parle avec douceur pour le mettre à l'aise et lui expliquer les démarches suivantes.

Après avoir effectué toutes les analyses, je décide de le diriger vers la cardiologie pour vérifier les signes d'un accident cardiaque sous-jacent qui exige une attention particulière et des soins spécialisés.

Voilà mon vrai boulot, tel que je l'aime : sauver des vies et prendre en charge de véritables problèmes sérieux. Les urgentistes jouent un rôle essentiel dans le système de soins en fournissant une assistance médicale rapide et efficace lorsque chaque minute compte. Notre capacité à gérer des situations de détresse et à adopter des décisions cruciales peut faire une énorme différence dans la vie des malades.

Et pas comme cet homme qui arrive à 5 h 48. Je vais à sa rencontre et il me dit :

— Je tousse docteur !
— Depuis quand ?
— 2008
…

7h30. La relève est au complet, je peux quitter mon poste de travail et m'autoriser une bonne journée de tranquillité. Je remercie encore une fois Patrick et je rentre chez moi avec le dossier de Marie-Jeanne que j'examinerai un peu plus tard avant ce soir.

Comme le plus souvent, je passe une nouvelle fois par le standard pour rejoindre ma voiture.

— Hello, Fabrice.
— Bonjour, Julien. Repose-toi bien.
— Merci Fabrice. Rien de neuf ?
— Bah non….. A part hier après-midi….
— Quoi hier après-midi ?
— J'ai fait une belle erreur.
— Vas-y raconte.
— Une femme, qui à première vue devait avoir dans les 80 ans, est venue se présenter et elle me dit :
— Je désirerais connaître le numéro de la chambre de mon mari, monsieur Dubois, s'il vous plait. Les pompiers l'ont amené ce matin.

— Et tu sais bien comment c'est, j'étais complètement submergé d'appels téléphoniques. Je réussis quand même à consulter ma base de données et je vois que monsieur Dubois est mort peu avant midi. Et sans réfléchir plus que ça, je dis à la pauvre femme :
— Monsieur Dubois est décédé, il se trouve à la morgue.

— Et là, elle me fait un malaise, là, juste devant moi. Je sais bien que je n'ai pas le droit d'annoncer ces nouvelles, mais dans la précipitation, je n'ai pas pris le temps de penser correctement. Ah ça je te jure, on m'y reprendra plus !

— Et bien Fabrice !... Allez bonne journée.
— Bonne journée Julien.

Épuisé, je franchis enfin le seuil de mon appartement. L'impatience m'a gagné, m'empêchant d'attendre plus longtemps. D'un geste, j'ouvre le dossier, et là, parmi les documents en désordre, je découvre une feuille volante qui attire mon attention.

Voici ce qui y est écrit :

Hopital de Maux-sur-Médoc
Haut Conseil Médical

Après une enquête approfondie menée par le Haut Conseil Médical de l'hôpital de Maux-sur-Médoc, il apparaît que Dame Leroy, Marie-Jeanne, n'a en aucune manière été tenue responsable du décès de feu Jean Latour. Celui-ci fut emporté par la peste bubonique, une maladie bactérienne grave, qui n'a malheureusement pas été rapidement diagnostiquée en raison de sa rareté et de sa complexité.

Les conclusions de notre enquête reposent sur les résultats de l'autopsie minutieuse réalisée par le renommé, Professeur Albert Calmette, Directeur de l'Institut Pasteur de Lille, Professeur d'Hygiène et de Bactériologie, à La Faculté de Médecine, Membre correspondant de l'Institut et de l'Académie de Médecine, qui a confirmé la présence de Yersinia pestis, la bactérie responsable de la peste bubonique, dans le corps de la victime. De plus, des analyses approfondies ont été effectuées pour déterminer la source probable de l'infection, mettant en évidence que Dame Leroy, Marie-Jeanne, n'a joué aucun rôle dans la transmission de la maladie.

L'exclusion initiale de Dame Leroy de son poste par le Groupe Médical de Travail et de Réflexion dirigé par Le Docteur, monsieur Émile Mercier-Lognon est donc injustifiée sur la base des preuves médicales et scientifiques que nous avons réunies. Par conséquent, nous recommandons de retirer de manière définitive toute mention de cette affaire de son dossier professionnel en tant qu'infirmière en question, reconnaissant ainsi son innocence dans ce tragique événement médical.

Monsieur Le Professeur Fournier, Maurice
Pour le Haut Conseil Médical
Hôpital de Maux-sur-Médoc
Le 17 juin 1921

Je comprends mieux pourquoi ce dossier était classé confidentiel et pourquoi, lors de ma première visite aux archives, Michel ne l'avait pas trouvé. C'est effectivement étonnant qu'il soit resté dans un hôpital. Nous pouvons probablement mettre cela sur le compte de l'organisation de l'époque et du besoin de maintenir cette affaire sous silence.

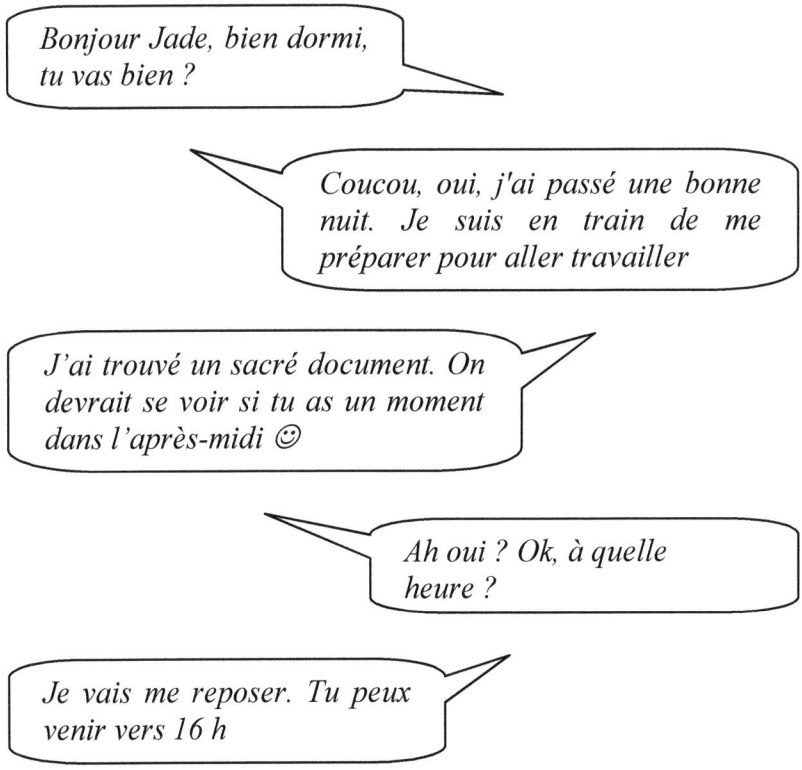

Bonjour Jade, bien dormi, tu vas bien ?

Coucou, oui, j'ai passé une bonne nuit. Je suis en train de me préparer pour aller travailler

J'ai trouvé un sacré document. On devrait se voir si tu as un moment dans l'après-midi ☺

Ah oui ? Ok, à quelle heure ?

Je vais me reposer. Tu peux venir vers 16 h

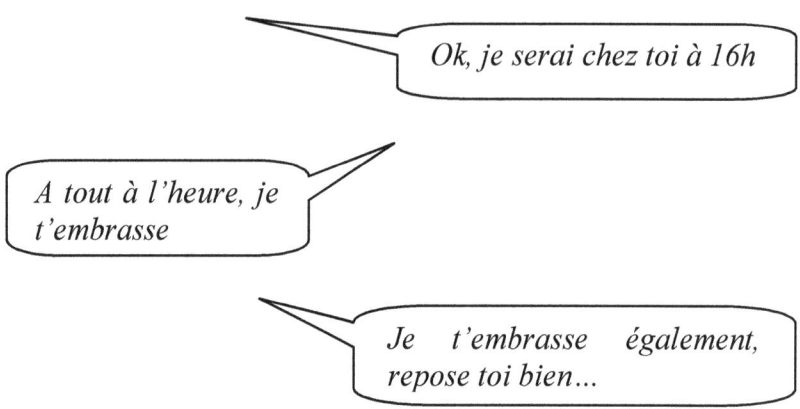

Ok, je serai chez toi à 16h

A tout à l'heure, je t'embrasse

Je t'embrasse également, repose toi bien...

Avec tout cela, je dois admettre avoir eu du mal à rencontrer le sommeil. Cette lettre occupe constamment mes pensées, tout comme ces coïncidences troublantes.

Donc, l'un de mes ancêtres aurait joué un rôle, aussi partiel qu'il soit, dans le destin tragique de Marie-Jeanne. À présent, c'est à Jade et à moi qu'il incombe d'apaiser l'esprit de Marie-Jeanne. Cela nécessitera une collaboration étroite entre nous.

Je suis épuisé. 8h28, c'est la dernière heure vue avant de m'endormir profondément.

144

Et, pourquoi moi ?

À 15 h 30, mon réveil m'arrache de mon sommeil. Mon repos a duré peu de temps, et je me sens encore dans le brouillard. Pourtant je dois me lever car Jade ne va pas tarder. Je me prépare rapidement, un café et deux cookies avant de filer sous la douche.

Vous connaissez maintenant la promptitude de Jade. À 15 h 59, la sonnette de mon interphone retentit !

> — Bonjour, c'est moi.
> — Entre.

Je passe les détails du long baiser d'accueil, comme si ça faisait trois ans que l'on ne s'était pas vu.

> — Tu veux boire quelque chose ?
> — Oui, volontiers, de l'eau, s'il te plait.

Je lui tends le courrier du Haut Conseil Médical emprunté pour la journée et vais lui chercher son verre d'eau. Quand, moins de 30 secondes plus tard, je reviens auprès d'elle, je trouve Jade les yeux humides.

> — Tu as fait un travail incroyable, me dit-elle.

Je la serre dans mes bras pour la réconforter du mieux que je peux.

— Que comptes-tu faire maintenant ?

— Marie-Jeanne doit partir se reposer en paix.

— Oui, je le crois aussi.

— Es-tu prête à m'aider ?

— Évidemment.

— Comment pouvons-nous procéder ?

— Maintenant qu'on connaît la vérité, on doit utiliser ma médiumnité pour établir une communication avec Marie-Jeanne. Nous devrions lui demander ce qui la tourmente et l'écouter attentivement. L'interroger sur les évènements irrésolus de sa vie passée qui pourraient la retenir : Comme des regrets, des ressentiments, des questions sans réponse, ou tout autre élément qui la relie à notre monde. Nous devons engager un dialogue pour tenter de traiter ses problèmes. Elle doit s'exprimer, partager ses émotions, et nous devons trouver un moyen de les apaiser.

— Depuis tout ce temps, tu as beaucoup discuté avec elle. Elle ne t'a jamais parlé de tout ça ?

— Non, elle a gardé tout ce passé pour elle. Elle se contente de me poser des questions sur ma vie, comment je vais, ce que je fais, mon métier, mes rencontres.

— Elle ne t'a jamais raconté quoi que ce soit de son histoire ?

— Jamais, je ne savais rien. Un jour, j'étais petite, j'avais douze ans et je me suis cassée un bras en jouant avec ma sœur cadette. Ma mère m'a emmenée aux urgences à l'hôpital. J'ai immédiatement ressenti une présence réconfortante près de moi. Puis, dans la salle de radiologie, j'ai entendu une voix qui me disait : « — *Ne t'inquiète pas Jade, tout va bien se passer, il n'y a rien de grave.* »

Un mois plus tard, quand je suis revenue pour qu'on m'enlève le plâtre, la voix est réapparue et elle m'a dit : « — *Tu vois que ça s'est bien déroulé.* »

Cette histoire ne m'a jamais quittée. Lorsque j'avais environ quinze ans, je suis retournée seule à l'hôpital. J'ai commencé par traîner dans le hall d'accueil, puis petit à petit, j'ai arpenté les couloirs, jusqu'au jour où Marie-Jeanne est à nouveau entrée en communication avec moi. Ce jour-là, elle m'a appris qu'elle était une de mes grands-mères éloignées, une ancienne infirmière qui avait travaillé ici, et qu'elle veillait sur moi. Elle ne m'a jamais donné d'autre explication. Depuis toutes ces années, elle m'a guidée dans ma vie.

— Tu sais qu'elle se manifeste régulièrement à l'hôpital en interagissant avec les esprits ?

— Oui, mais elle n'a jamais rien fait de grave ou eu de comportement nuisible envers les patients. Sa présence et ses réactions témoignent de bienveillance, elle veille sur le bien-être des malades.

— C'est vrai ! Quoi que ça pourrait vite déraper. Et donc, pourquoi moi ?

— Elle a choisi de communiquer avec toi parce que, dans cette histoire, nos deux familles sont étroitement liées. Ton arrière-arrière-grand-père, en étant impliqué dans l'éviction de Marie-Jeanne, a créé une connexion karmique entre elle et toi. Elle pourrait chercher à résoudre ce passé douloureux en trouvant une rédemption ou une forme de réconciliation à travers toi. Cela pourrait expliquer pourquoi elle s'est tournée vers toi pour l'aider à apaiser son esprit et à être en paix. De plus, elle m'a fait part de ton charme. Que tu étais doué d'un grand professionnalisme, et que tu avais une empathie démesurée envers les patients. Elle t'a élu pour accomplir cette mission de délivrance.

— Nous devons lui offrir notre soutien et notre compréhension, tout en lui assurant que la lumière et l'amour l'attendent de l'autre côté. Elle doit se diriger vers eux et recevoir la paix qu'elle y trouvera.

— Je suis convaincue que cela exigera du courage et de la persévérance. Ce processus peut prendre un moment, car Marie-Jeanne peut avoir besoin de temps pour accepter et faire face à ses émotions.

Il est 18 heures, je dois me préparer pour aller travailler. Jade quitte mon domicile, et chacun de notre côté, nous réfléchissons à une solution intelligente pour entrer en contact avec Marie-Jeanne.

Comme d'habitude, je me gare sur le parking central et je me dirige vers le standard. Je suis heureux de retrouver Fabrice et de le saluer.

— Bonsoir, Fabrice n'est pas là ?
— Bonsoir, docteur. Non, Fabrice est en arrêt de maladie et apparemment ça va être pour une longue période.
— Ah, zut alors. Bon, bonne soirée.
— Merci, docteur. À vous aussi.

Je prendrai des nouvelles de Fabrice demain ou après-demain. J'espère que ce n'est pas trop grave. Maintenant, direction les archives pour remettre le dossier confidentiel en place.

C'est Denis qui me prend en charge, et il est de service jusqu'à 21 h 30. Ce n'est pas plus mal que ce ne soit pas Michel, car cela aurait éveillé ses soupçons par rapport à ma première recherche il y a quelques jours.

— Bonsoir, Denis. J'ai eu besoin de ce dossier hier dans la nuit pour consulter les antécédents familiaux d'une patiente que nous avons prise en charge.

— Bonsoir, docteur. Oui, j'ai vu le bordereau de sortie. Merci, je m'en occupe, je vais aller le remettre à sa place.

— Merci, Denis. Bonne soirée, à plus tard.

— Bonne soirée docteur, bon courage.

Voilà une bonne chose de faite ! Il est 19 heures, et je suis dans mon service, prêt à affronter cette nouvelle nuit.

Pierre Durand

Et ça démarre plutôt fort. Je prends la première fiche d'admission et accueille cette jeune femme qui veut absolument voir un médecin.

— Bonsoir, mademoiselle. Que puis-je faire pour vous ?
— Je vomis souvent depuis quelques semaines, voilà pourquoi je souhaite avoir un avis médical.
— Vous suivez actuellement un traitement spécifique, ou vous a-t-on diagnostiqué une maladie particulière ? Je dois comprendre votre historique médical pour pouvoir vous aider au mieux.
— Non non, je suis enceinte depuis trois mois.

Suivant :
— Ça va Danièle, prête pour la nuit ?
— Bonsoir, Julien. Oui, ça va merci. Tiens, regarde quelqu'un qui arrive.

Une dame, environ soixante-quinze ans, se présente au pupitre et demande à Danièle :
— Pourrais-je savoir où se trouve monsieur Pierre Durand ? C'est mon voisin ! Je suis désolée, je pense que les visites sont terminées mais je devais garder mes petits-enfants. Je ne resterai pas longtemps.
— Je vais vous indiquer le service, vous verrez avec les infirmières si elles vous laissent entrer. Alors… monsieur Durand Pierre est hospitalisé en médecine, huitième étage, chambre 842.

— Merci, madame.

Vingt bonnes minutes plus tard, la même dame revient auprès de Danièle et lui dit :
— Sympa les infirmières, j'ai pu voir mon voisin. Par contre, je ne comprends pas. Je suis restée vingt minutes en sa compagnie, je l'ai regardé sous toutes les coutures, je ne l'ai pas reconnu. Il a changé de visage, je ne sais pas ce qu'ils lui ont fait, il ne parle pas. J'ai beau lui causer, il ne me répond pas. En plus avant d'être hospitalisé, il avait les cheveux châtain clair, maintenant ils sont blancs, il a drôlement vieilli, c'est bien triste tout ça.

J'observe que Danièle est un peu désemparée, et elle enchaîne :
— Vous vouliez rendre visite à monsieur Pierre Durand, n'est-ce pas ?
— Oui oui, c'est bien ça !
— Attendez, je vérifie quelque chose.

Conscience professionnelle oblige, Danièle consulte à nouveau son ordinateur et se rend compte qu'actuellement, deux personnes hospitalisées portent le nom de Pierre Durand.

— Je suis désolée, c'est une erreur de ma part. Monsieur Pierre Durand que vous cherchez se trouve en médecine, au cinquième étage, chambre 514.

La vieille dame éclate de rire et prend la situation avec amusement. Elle n'en revient pas d'avoir passé vingt minutes avec un homme qu'elle ne connaissait pas. Elle s'éloigne de l'accueil en s'exclamant :
— J'espère que cette fois-ci, ça sera le bon et que je vais le reconnaître.

Avec un air légèrement moqueur, je taquine Danièle en la regardant et lui dit :
— Eh bien, Danièle ! Tu es bonne pour payer le café tout à l'heure.

Elle me répond en souriant pour signifier son approbation.

Le service est maintenant en plein mouvement. Je me prépare à une nuit chargée. Les bruits d'une ambulance qui résonnent dans la cour annoncent l'arrivée d'un nouveau patient. Il est 22 h 50.

C'est un homme d'une quarantaine d'années. De toute évidence, il a été blessé dans un accident de voiture. Il est en état de choc et saigne au front. L'équipe se met rapidement au travail pour apprécier la gravité de ses lésions.

Pendant ce temps, la police amène une femme visiblement en état d'ébriété. Elle est agitée et crie des insultes à tous ceux qui s'approchent d'elle. L'infirmière tente de la calmer tout en préparant son dossier d'admission. J'interviens pour évaluer son état et vérifier si elle a besoin de soins médicaux supplémentaires, en plus de ceux nécessaires pour son ébriété. Rien de bien grave, elle a juste 1,5 gr dans chaque poche ! C'est avec un sédatif bien proportionné que j'arrive à bout de son comportement violent. Un bon sommeil lui fera beaucoup de bien.

Un peu plus tard dans la nuit, un troisième patient est admis. C'est un jeune homme avec une blessure à l'avant-bras. Il vient d'être victime d'un accident de vélo. L'infirmière lui administre un analgésique pour soulager sa douleur, tandis que je l'examine. Je suspecte une fracture du radius.

Après la confirmation de la radio, on plâtre le bras et je lui suggère d'installer une lumière sur sa bicyclette !

Alors que je m'occupe de mes patients, une ambulance amène un homme d'âge moyen. Il est en détresse respiratoire et a du mal à ventiler. Mes collègues se mettent immédiatement au travail pour lui administrer de l'oxygène. Je soupçonne une embolie pulmonaire et demande des tests supplémentaires pour confirmer le diagnostic.

La nuit se poursuit avec une salle d'attente pleine de personnes anxieuses. L'équipe agit de son mieux pour répondre à leurs besoins.

Je me remémore à l'instant pourquoi j'avais choisi la médecine d'urgence. C'était le défi constant, la variété des cas, et surtout, la possibilité de faire une différence dans la vie des patients.

6h00, j'ai bien mérité mon café que j'espère depuis longtemps, mais la pauvre Danièle a été autant occupée que moi.

Quand Jade s'y met

Il est 8 h 40, j'arrive chez moi. J'appelle Fabrice pour prendre de ses nouvelles. Il m'inquiète le petit bonhomme.

— Bonjour, Fabrice. Je ne te dérange pas ?
— Bonjour, Julien. Non, non.
— J'ai appris que tu étais en arrêt de travail. Je viens aux infos, j'espère que ce n'est pas trop grave.
— Bah ! Tu sais, j'ai une douleur dans le dos qui me fait souffrir depuis des années. Et aujourd'hui, en portant un tas de dossiers, la douleur s'est réveillée très fortement et a été insoutenable. J'ai été obligé de rentrer. Mais bon, personne ne parvient à réaliser un diagnostic sérieux, ni les médecins ni les rhumatologues, même avec des radios et des scanners. Un autre m'a dit que je devrais plutôt consulter un psy, tu te rends compte ?
— Ça peut aider aussi. Et, ce n'est pas trop handicapant ? La dernière fois que je t'ai vu, tout avait l'air ok.
— Oui, ça vient de temps en temps sans prévenir.
— Je vais aller me reposer, prends soin de toi.
— Oui, ne t'inquiète pas, je m'apprêtais à partir à la chasse pour me détendre un peu.
— Ah, d'accord !... Je t'appelle plus tard pour prendre de tes nouvelles.
— À bientôt, Julien. Merci pour ton appel.
— À bientôt.

Parfait ! J'ai eu des nouvelles de Fabrice et je suis rassuré sur son état de santé. Maintenant, j'envoie un message à Jade.

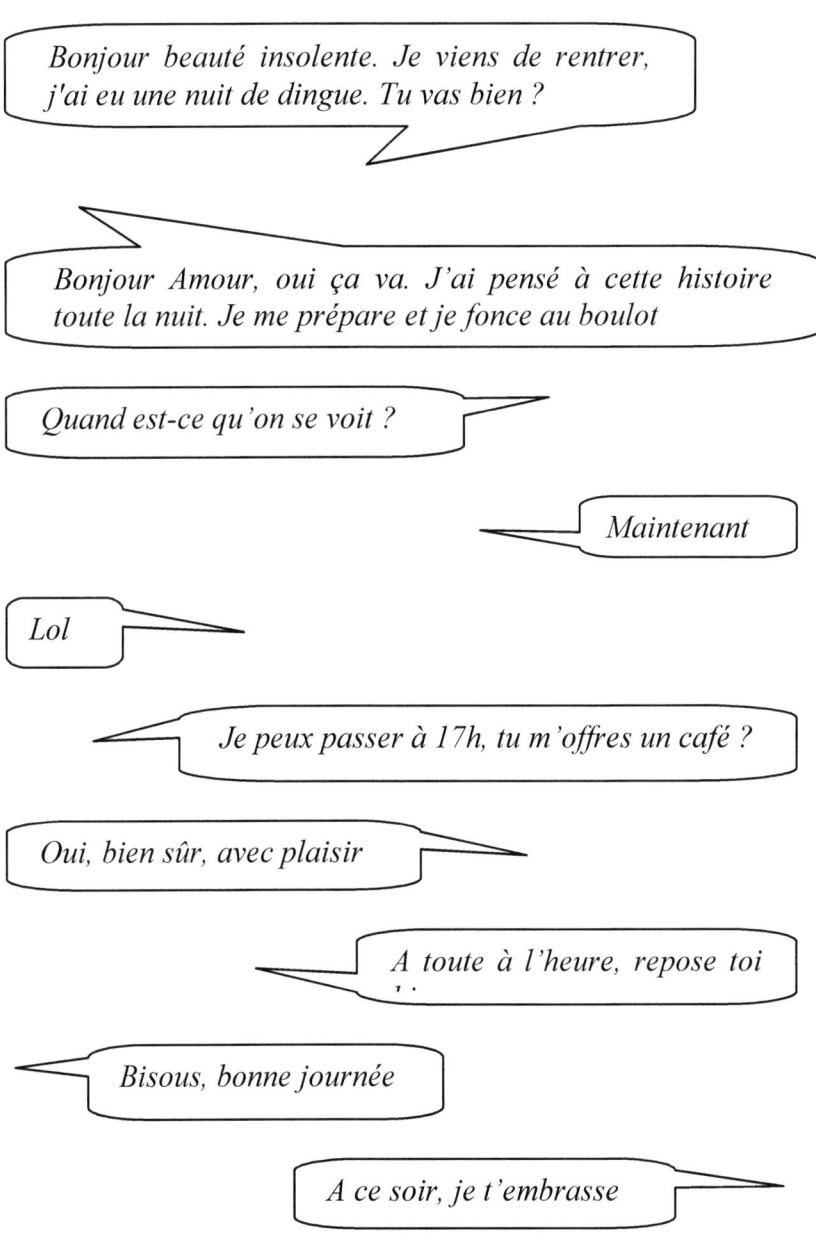

Bonjour beauté insolente. Je viens de rentrer, j'ai eu une nuit de dingue. Tu vas bien ?

Bonjour Amour, oui ça va. J'ai pensé à cette histoire toute la nuit. Je me prépare et je fonce au boulot

Quand est-ce qu'on se voit ?

Maintenant

Lol

Je peux passer à 17h, tu m'offres un café ?

Oui, bien sûr, avec plaisir

A toute à l'heure, repose toi

Bisous, bonne journée

A ce soir, je t'embrasse

17h00.

— Tu t'es bien reposé ?

— Peu, mais ça va.

— J'ai été traîné à l'hôpital pendant ma pause déjeuner. J'ai assisté à une scène de dingue complètement surréaliste.

— À bon ! Raconte.

— Je me suis garée sur le parking central. Il était 12 h 40, et deux jeunes qui devaient avoir à peu près notre âge sont sortis de l'hôpital. L'homme portait un siège bébé. J'ai jeté un coup d'œil à l'intérieur et il y avait un joli nourrisson de quelques heures, je suis sûre qu'ils sortaient de la maternité. Bref, les voilà en train d'essayer de mettre le couffin dans leur voiture. Enfin, c'était plutôt une voiturette, le style de véhicule qui se conduit sans nécessiter de permis. Et les voilà en train de s'exciter pour mettre le siège à l'arrière de cette voiture. La première tentative échoue. Même coincé en travers et en forçant sur la vitre, rien n'y fait. Je ne te dis pas comment la maman commençait à s'énerver. Après facilement quatre minutes d'agacement, le deuxième essai se révèle le bon. Ils ont réussi à incarcérer le couffin dans le coffre. Et ils sont partis… une vraie scène de brutes.

— Tu sais, c'est incroyable ce que tu me racontes. J'entasse une tonne d'histoires comme celle-ci. J'ai commencé à les noter d'ailleurs. Je songe à en écrire un livre rigolo, pour le fun, un jour. J'ai aussi pensé intégrer toutes nos péripéties avec Marie-Jeanne. Ça ferait un genre de « *roman basé sur des faits réels* », un « *roman à clé* ».

— C'est une super idée ! J'en ai d'autres si tu souhaites.

— Ah oui ? Vas-y, raconte. Je te refais un café ?

— Oui, je veux bien. Bon alors, un jour, je me trouvais dans l'ascenseur. Un brancardier et deux infirmières sont montés en même temps que moi. Je ne peux pas dire autrement, c'est un beau mec d'une trentaine d'années. Il mesure pas loin d'un mètre quatre-vingt, svelte, et un peu macho sur les bords, séances d'U.V. à gogo, coupe de cheveux nickel, manucure et compagnie ! Mais ce gars est constamment en train de draguer toutes les filles qu'il croise. C'est Franck, tu dois savoir qui c'est, non ?

— Oui, bien sûr.

— Il ne peut pas s'empêcher de faire du charme. Sans relâche, il les complimente, il leur lance des fleurs. Et parfois, il s'autorise des phrases mal placées du genre : « — *Alors ma chérie, quand est-ce qu'on passe une nuit ensemble ?* » ou encore : « — *C'est quand tu veux pour une nuit torride, tu vas enfin découvrir la définition exacte du mot HOMME* ». Et ce jour-là, il remet ça et il dit aux deux filles : « — *Quelle chance d'être enfermé avec vous dans cet ascenseur ! On a tout juste le temps de se faire un truc vite fait !* »

— M'enfin, c'est pas possible, tu étais dans l'ascenseur avec eux !

— Ça ne l'a pas gêné une seconde.

— Le ouf !

— Une des deux infirmières n'a pas eu froid aux yeux et ne s'est pas dégonflée. Elle lui a fermement attrapé le service trois pièces en lui disant : « — *Ce ne sont pas tes petites coucougnettes qui vont m'impressionner !* » Franck est resté figé sans pouvoir sortir un seul mot. Il n'y avait plus de réaction de sa part. Et elle n'a pas lâché prise jusqu'à l'ouverture des portes.

— C'est dingue, mais on est où, là !

— J'en ai une autre si tu veux

— Mort de rire, je t'écoute.

Jade reprend une gorgée de café avant d'attaquer son récit :

— Ce jour-là, je suis partie, pour la énième fois, à la rencontre de Marie-Jeanne. Elle m'a conduite dans les sous-sols. J'ai senti qu'elle souhaitait que j'entre dans le funérarium. J'ouvre la porte et tu ne devineras jamais à quoi j'ai assisté.

— Ouh là, vas-y dis.

— Un couple était en train de s'adonner aux joies de la chair.

— Non ! Tu rigoles là ?

— Je te jure que c'est vrai. Tu ne voulais pas du vécu ?

— Si m'enfin là…

— Je peux même te dire que c'était le docteur [bip, bip, bip] et l'aide-soignante [bip, bip, bip].

— Je ne vais pas pouvoir mettre ça dans mon livre.

— Et bien, tu n'emploieras pas les noms.

— Oui, je trouverai une solution.

— Bref, t'imagine comment on était tous les trois mal à l'aise.

— Oui, je vois bien la scène, c'est quand même un drôle d'endroit pour faire des coquineries. Et en plus, c'est Marie-Jeanne qui t'a conduite là. Elle est vraiment, vraiment très joueuse.

— Il y en a qui recherche des montées d'adrénaline puissantes. Inutile de te dire que j'ai filé rapidement. De temps en temps, je les croise dans les couloirs, on ne s'attarde pas trop.

— Tu m'étonnes.

Je note tout cela précieusement, merci. Il me reste quatre nuits à bosser, puis j'enchaîne quelques jours de repos. On ira dans mon bureau au septième pour tenter une communication avec Marie-Jeanne.

— C'est vrai, tu vas m'emmener au septième ?

— M'enfin Jade…

Il est temps. Jade prend congé, et moi, je me prépare tranquillement pour aller travailler. Avant de rejoindre mon service, je passe par mon bureau. Marie-Jeanne n'y est pas venue aujourd'hui.

Ma nuit s'écoule comme d'habitude, avec son lot de surprises, de choses désagréables à voir, de moments tristes, mais aussi quelques situations plus légères, comme c'est souvent le cas. Cependant, au milieu de tout cela, une petite histoire mérite que je vous la raconte.

Une femme est admise pour douleurs abdominales :
— Bonsoir docteur, j'ai mal au ventre.
— Peut-il y avoir une possibilité pour que vous soyez enceinte ?
— Oh non, docteur ! Ce n'est pas possible, on m'a ligoté les*«trompettes».*

Marie-Jeanne, notre gardienne

Le grand jour est arrivé. Me voici seul avec Jade dans mon bureau. J'ai verrouillé la porte pour qu'on nous laisse tranquille. Nous sommes plongés dans la pénombre, trois ou quatre bougies disséminées ici et là apportent une lueur chaleureuse et mystique à la pièce. Les rideaux sont tirés, isolant le monde extérieur. Nous sommes installés à la table, une feuille de papier vierge posée devant nous, un stylo prêt à être saisi. Le silence règne, seulement brisé par le léger crépitement des chandelles.

Jade prend une profonde inspiration, ferme les yeux, et commence à appeler Marie-Jeanne d'une voix douce et ferme :
— Marie-Jeanne, si tu es là, si tu peux nous entendre, nous t'invitons à entrer en contact avec nous. Nous souhaitons t'écouter, comprendre ce qui te retient ici. S'il te plaît, guide notre main, aide-nous à établir ce lien.

La pièce semble s'imprégner d'une énergie particulière. Nous nous regardons, sentant une présence invisible, quoique tangible. Jade saisit le stylo et attend un quelconque signal, que les mots se forment d'eux-mêmes sur le papier.

De longues minutes de concentration s'écoulent, pourtant Marie-Jeanne n'a pas l'air d'être au rendez-vous. Jade ne se décourage pas. Elle poursuit ses appels, cette fois-ci avec une détermination encore plus grande :
— Marie-Jeanne, nous venons ici pour t'écouter, pour te comprendre, pour t'aider à trouver la paix que tu mérites. S'il

te plaît, rejoins-nous, laisse tes mots s'exprimer à travers nous, guide-nous et partage tes pensées.

Nos mains se mélangent l'une dans l'autre, et nous les serrons fort, ressentant la connexion entre nous et l'entité qui flotte dans cette pièce. Nous fermons les yeux, concentrant notre énergie sur le papier. Nous sommes prêts à accueillir Marie-Jeanne.

Soudain, le stylo se met en mouvement. Les messages se forment sur la feuille de manière presque imperceptible. Les premières lettres se dessinent. Nous restons silencieux, observant avec émerveillement la communication qui se déploie devant nous.

Les premiers mots lisibles commencent à apparaître, tracés avec une élégance surprenante.

bonjour les chéris

Je suis stupéfié par la clarté de ces mots et la présence palpable de Marie-Jeanne dans cette pièce. La main de Jade bouge avec fluidité, comme si une force invisible la guidait. Une vague de chaleur m'envahit, un mélange d'excitation et de grâce. C'est le moment que nous attendons depuis longtemps.

Jade reprend la parole avec douceur, continuant de garder le stylo serré entre ses doigts :
    — Marie-Jeanne, Julien a découvert que tu n'étais pas responsable de cette histoire qui a entaché ta réputation. Tu dois aller en paix maintenant.

Les mots se forment sur le papier avec une rapidité surprenante, comme si Marie-Jeanne avait tant à dire, tant à exprimer après toutes ces années de silence :

oui je le sais, mais c'est chez moi ici
Je n'ai nulle part où aller
julien a fait un grand travail
je ne peux pas partir d'ici, c'est ma
maison
et puis, je veille sur toi, Jade
et maintenant, je dois veiller sur Julien
aussi

Les larmes montent aux yeux de Jade et je suis bouleversé par ces mots. Ils reflètent un mélange d'attachement à l'endroit où s'est produit ce malheureux drame et de préoccupation pour notre bien-être.

Les phrases se couchent sur le papier en révélant des détails surprenants sur la carrière de Marie-Jeanne. Ses souvenirs, ses émotions et ses regrets. Elle explique comment elle a veillé et soigné tant de personnes, comment elle a essayé de guider les âmes perdues et les cœurs brisés. Elle partage ses instants de joie et de tristesse, exprime sa gratitude envers moi pour avoir découvert la vérité.

Jade poursuit la communication :
— Ton honneur est blanchi, tu peux désormais entreprendre ton grand voyage vers l'au-delà.

Nous restons assis là, dans le calme de la pièce éclairée par les bougies, nos mains toujours liées et la conscience de vivre un moment extraordinaire.

Et Marie-Jeanne dicte un nouveau message :

> *je ne partirai pas, je vous suis attachée*
> *je veillerai sur toi, ma petite Jade*
> *sur Julien*
> *et sur vos enfants*

— Comment ça ? s'exclame Jade.

> *vous allez célébrer un mariage heureux*
> *vous aurez deux enfants*
> *une fille et un garçon*
> *vous voyez bien que je ne peux pas*
> *m'en aller*
> *je ne partirai pas*

Nous nous regardons mutuellement, des yeux écarquillés comme des billes, avec une mine de stupeur partagée. Mon attention en dit long à Jade, lui signifiant qu'il est temps d'effectuer une pause afin de reposer nos esprits. Jade s'exclame alors :
— Nous faisons une pause, nous revenons dans quelques minutes, ne pars pas, Marie-Jeanne.

Nous sortons du bureau, le silence nous enveloppe. Nous marchons dans le couloir, et je demande à Jade :
— Qu'est-ce qu'on doit faire ?
— Je ne sais pas, je ne m'attendais pas à ça.

— Écoute, puisqu'elle veut rester, qu'elle reste. Après tout, sa présence peut être réconfortante. Elle doit promettre de ne plus jamais désorganiser l'hôpital. Cela peut être très dangereux, il y aura un problème un de ces jours.

— On fait comme ça !

Jade reprend l'appel à Marie-Jeanne :

— Marie-Jeanne, nous avons bien saisi tes vœux. Nous ne contrarierons pas ta décision. Nous ne ferons rien d'autre pour faciliter ton départ, à la condition que tu ne perturbes plus jamais l'hôpital. Les courts-circuits de cafetière, les fils électriques qui traînent par terre, les portes automatiques qui ne s'ouvrent plus, la climatisation qui s'inverse, les ascenseurs qui ne fonctionnent plus, les lumières et les ordinateurs en panne, tout appartient désormais au passé. Tu restes la bienvenue ici, mais uniquement pour entrer en contact avec nous. Moi et Julien.

Les mots se dessinent rapidement sur la feuille, comme si Marie-Jeanne avait compris et accepté les conditions. Le message prend forme :

je promets de ne plus perturber
l'hôpital
je resterai ici pour entrer en contact
avec vous, pour veiller sur vous
merci mes chéris

Nous prenons congé de Marie-Jeanne et nous lui promettons de la contacter bientôt. Une sensation de bien-être nous envahit. Cette expérience s'est révélée magnifique, surtout pour moi, un novice en matière de communication avec les esprits.

Soudain, la main de Jade se met à trembler sur la feuille de papier et voici ce que Marie-Jeanne nous transmet :

*attendez j'ai une dernière anecdote
pour le livre*

*hier en fin de journée une femme est
venue chercher son époux aux urgences
et il lui a dit :*

*— ça y est, ils m'ont fait un ketchup
complet*

Merci

Je tiens à exprimer ma profonde reconnaissance à toutes les personnes qui ont rendu ce livre possible. Le chemin de l'écriture se révèle parfois solitaire, toutefois il est parsemé de rencontres, de soutiens et d'encouragements, et je suis honoré de pouvoir les partager ici.

Je dédie ce recueil à tous les professionnels de la santé ayant croisé ma route, en particulier à ceux ayant inspiré ces anecdotes réelles et vécues. Vos histoires ont donné de la profondeur et de la vérité à ces pages.

J'adresse toute ma gratitude envers les lecteurs qui ont choisi de consacrer leur temps à découvrir cette histoire. C'est pour vous que j'écris, et j'espère qu'elle a pu vous divertir et vous émouvoir.

Enfin, j'ai une pensée particulière pour Fabrice, qui a partagé avec générosité ses propres expériences à l'hôpital. Tes récits ont enrichi ce livre d'une manière inestimable. Je te souhaite un prompt rétablissement et beaucoup de bonheur.

Merci du fond du cœur.

Max

Fin de l'histoire

La vie à l'hôpital est un mélange complexe d'émotions, d'histoires fascinantes et parfois étranges. Julien a partagé avec nous son expérience de médecin au sein de cet environnement unique. Il a croisé des patients de tous horizons, des collègues aux personnalités diverses, et même une âme bienveillante qui veillait sur lui depuis l'au-delà.

Marie-Jeanne, l'ancienne infirmière devenue une présence spirituelle, a découvert en Julien un allié inattendu pour résoudre les énigmes de son passé et enfin trouver la paix. Leur collaboration improbable a décrit que les liens entre les vivants et les esprits peuvent être étonnamment forts, et que la compassion et la compréhension peuvent transcender les barrières entre les mondes.

Julien a également partagé des anecdotes cocasses, des moments de tension, et des histoires touchantes qui montrent à quel point le travail à l'hôpital peut être exigeant, mais aussi gratifiant. Il a côtoyé des collègues dévoués et des patients courageux, et a été témoin de la résilience humaine face à la maladie et à l'adversité.

Au fil des pages, nous avons découvert la connexion spéciale entre Julien et Jade, une relation basée sur la confiance, la compréhension mutuelle et l'amour. Jade, avec son don de médiumnité, a apporté une dimension mystique à l'histoire, tout en étant une source de soutien et de réconfort pour Julien.

Alors que ce livre se referme, nous pouvons méditer sur les mystères de la vie et de la mort, sur les liens qui nous unissent les uns aux autres, et sur les surprises que nous réserve parfois le destin. L'activité à l'hôpital perdure, avec ses hauts et ses bas, avec la promesse de guérisons, de nouveaux départs et de découvertes inattendues.

Julien, Jade, Marie-Jeanne et tous les autres personnages de ce récit continueront leur voyage, chacun à leur manière en emportant avec eux les leçons apprises et les souvenirs partagés. Et qui sait ce que l'avenir leur réserve ? L'important, c'est que l'histoire se poursuit, pleine de mystères et d'opportunités, prête à dévoiler de nouvelles pages à écrire.

Glossaire

Alzheimer : la désorientation est une perte des repères temporaux spatiaux, (du temps et des lieux). Elle est souvent associée à une réduction des capacités d'adaptation, à des troubles d'humeur et à des troubles de mémoire. Alois Alzheimer (1864 - 1915), est un médecin allemand psychiatre, neurologue et neuropathologiste connu pour sa description de la maladie qui porte son nom.

AVC : un Accident Vasculaire Cérébral est la perte brutale d'une fonction du cerveau.

Carte IGN : émise par l'Institut National de l'Information Géographique et Forestière, c'est une carte topographique qui représente le relief et les détails d'un terrain.

C.M.U. : Couverture Maladie Universelle. Prestation sociale permettant l'accès aux soins, le remboursement des soins, prestations et médicaments à toute personne résidant en France et qui n'est pas déjà couverte par un autre régime obligatoire d'assurance maladie.

Coronarographie : technique d'imagerie médicale utilisée en cardiologie pour visualiser les artères coronaires.

E.C.B.U. : Examen Cytobactériologique des Urines. C'est un examen de biologie médicale qui étudie l'urine d'un patient et souvent utilisé pour diagnostiquer une infection urinaire.

IDE : Infirmière Diplômée d'Etat

Placebo : comprimé d'amidon, de sucre, de lactose ; des injections de sérum physiologique sans efficacité pharmacologique propre qui agit, lorsque le patient pense recevoir un traitement actif, par des mécanismes psychologiques et physiologiques.

Scalpel : aussi appelé bistouri, c'est un instrument utilisé en chirurgie pour faire des incisions.

Scope : ou l'électrocardiographe est un appareil permettant de faire un électrocardiogramme (pour le cœur) et d'afficher le tracé sur un écran.

Scrotum : enveloppe cutanée superficielle des bourses et de leur contenu.

Strapping : moyen de contention pouvant être plus ou moins souple réalisé par le biais de bandes adhésives ou non.

Urinal : équivalent du bassin de lit pour la miction qui sert exclusivement aux hommes.

Lettre du haut Conseil Médical, le 17 juin 1921 :
Après une enquête approfondie menée par le Haut Conseil Médical de l'hôpital de Maux-sur-Médoc, il apparaît que Dame Leroy Marie-Jeanne n'a en aucune manière été tenue responsable du décès de feu Jean Latour. Celui-ci fut emporté par la peste bubonique, une maladie bactérienne grave, qui n'a malheureusement pas été rapidement diagnostiquée à l'époque en raison de sa rareté et de sa complexité.

Les conclusions de notre enquête reposent sur les résultats de l'autopsie minutieuse réalisée par le renommé Professeur Albert Calmette, Directeur de l'Institut Pasteur de Lille, Professeur d'Hygiène et de Bactériologie à La Faculté de Médecine. Membre correspondant de l'Institut et de l'Académie en Médecine, qui a confirmé la présence de Yersinia pestis, la bactérie responsable de la peste bubonique, dans le corps de la victime. De plus, des analyses approfondies ont été effectuées pour déterminer la source probable de l'infection, mettant en évidence que Dame Leroy, Marie-Jeanne, n'a joué aucun rôle dans la transmission de la maladie. L'exclusion initiale de Dame Leroy de son poste par le groupe médical de travail et de réflexion dirigé par monsieur Émile Mercier-Lognon est donc injustifiée sur la base des preuves médicales et scientifiques que nous avons réunies. Par conséquent, nous recommandons de retirer de manière définitive toute mention de cette affaire de son dossier professionnel en tant qu'infirmière en question, reconnaissant ainsi son innocence dans ce tragique événement médical. Monsieur Le Professeur, Fournier, Maurice. Pour le Haut Conseil Médical. Hôpital de Maux-sur-Médoc. Le 17 juin 1921.